假寐者

赵目珍 著

长江出版传媒
长江文艺出版社

图书在版编目（ＣＩＰ）数据

假寐者 / 赵目珍著. -- 武汉：长江文艺出版社，2018.8
　ISBN 978-7-5702-0467-0

Ⅰ. ①假… Ⅱ. ①赵… Ⅲ. ①诗集－中国－当代 Ⅳ. ①I227

中国版本图书馆 CIP 数据核字(2018)第 106278 号

责任编辑：谈 骁　胡 璇		责任校对：陈 琪	
封面设计：左手画方		责任印制：邱 莉　王光兴	

出版：长江出版传媒　长江文艺出版社
地址：武汉市雄楚大街 268 号　　　邮编：430070
发行：长江文艺出版社
电话：027—87679360
http://www.cjlap.com
印刷：武汉市金港彩印有限公司

开本：880 毫米×1230 毫米　　1/32　　印张：8.75　　插页：6 页
版次：2018 年 8 月第 1 版　　2018 年 8 月第 1 次印刷
行数：5040 行

定价：46.00 元

版权所有，盗版必究（举报电话：027—87679308　　87679310）
（图书出现印装问题，本社负责调换）

赵目珍

1981年生,山东郓城人。毕业于华中师范大学中文系,获文学博士学位。诗人,批评家。曾任北京大学中文系访问学者。著有诗集《外物》、散文诗集《无限颂》("我们·散文诗丛"第五辑)等。曾参加第十七届全国散文诗笔会。获第九届"深圳青年文学奖"、"第一朗读者"2016年度最佳诗人奖、第三届"国际华文诗歌奖"提名、第四届"海子诗歌奖"提名,入围2015年"华文青年诗人奖"、第二届"中国青年诗人奖"等。现为深圳职业技术学院人文学院副教授。

目 录

卷一 击壤歌

相见欢 / 003　证词 / 004　短歌行 / 005　乌鹊记 / 006

击壤歌 / 007　将逝之物 / 015　将进酒 / 016　春睡帖 / 018

新夏歌 / 019　云中书 / 020　春风度 / 021　如梦令 / 022

刀笔吏 / 023　对雨 / 024　独坐 / 026　夜访山鸟不遇 / 027

春日诀 / 028　春梦赋 / 029　如其所是 / 030　沉默以后 / 031

近思录 / 032　模仿者说 / 033　摸鱼儿 / 034　有所思 / 036

暮霭中 / 037　荒野笔记 / 038　对抗 / 040　暗河 / 042

暮歌 / 043　套中人 / 044　取栗者 / 045　听风 / 046

风声 / 047　逍遥游 / 049

卷二 还原诗

悲伤诗 / 055　虚无诗 / 056　闲坐诗 / 057　还原诗 / 058

暮归诗 / 059　歧路诗 / 060　回光诗 / 061　醒来诗 / 062

悲欢诗 / 063　山居诗 / 065　在野诗 / 066　高蹈诗 / 068

同行诗 / 069　晨光诗 / 070　冥想诗 / 071

还乡诗（一）/ 072　还乡诗（二）/ 073　考场诗（一）/ 074

考场诗（二）/ 076　忏悔诗 / 078　自省诗 / 079

偶然诗 / 081　忧伤诗 / 082　游戏诗 / 083　祖国诗 / 084

不安诗 / 085　失眠诗 / 086　重阳诗 / 088　东门诗 / 089

宴饮诗 / 090　静候诗 / 091　霹雳诗 / 092　地铁诗 / 093

红尘诗 / 094　薄暮诗 / 095　寄居诗 / 096　赞美诗 / 097

卷三　局内人

唤醒 / 105　假寐者 / 106　突围 / 107　三更书 / 108

彷徨者 / 109　正午 / 110　丑角 / 111　静默 / 112

白夜 / 113　萤火虫之家 / 114　水竹芋入门 / 116

惊喜 / 118　梦魇 / 119　术中书 / 121　临难日 / 123

赞美 / 125　十年 / 127　君自故乡来 / 129

我们一见如故 / 130　每到春来，惆怅还依旧 / 131

身份 / 132　暴露 / 133　听见 / 135　滑稽 / 136

局内人 / 137　荒芜之地 / 138　喧嚣 / 139　两难之境 / 141

遗弃 / 142　觉醒者 / 143　虚掩 / 144　暗疾 / 145

尽头 / 146　沉潜 / 147　牧羊人 / 149　容忍 / 150

告别 / 151　打人间走过 / 152

卷四　寓言诗十九首

坐井 / 155　惊弓 / 156　亡羊 / 157　好龙 / 159
守株 / 160　刻舟 / 161　滥竽 / 162　揠苗 / 163
盗铃 / 164　望梅 / 165　饮鸩 / 166　捕蝉 / 167
还珠 / 168　疑邻 / 169　失马 / 170　弹琴 / 171
画饼 / 172　忧天 / 173　解牛 / 174

卷五　谈论一座城池

异乡 / 177　体验 / 178　存在 / 179
秘境：关于一座城市的断想笔记 / 181
在洪湖公园 / 194　在妇儿医院 / 196
黄昏时分，我终结了一段旅程 / 197　我们只是身处一隅 / 198
臣服 / 200　谈论一座城池 / 201　分身乏术 / 202
一段光阴 / 203　东门即景 / 204　天将暮 / 205　暮归 / 206
旧归途 / 207　日子的假象 / 208　留仙洞遇雨 / 209
留仙洞一日 / 210　龙田世居 / 211　鹏程三路 / 213
田贝一路 / 214　今天的孤独来得早了一些 / 215
疲倦伤身 / 216　会飞的房子 / 217　在 king coffee / 219
我陷在一片人群中 / 220　大雨倾盆之后 / 221

在人民公园 / 223　又是归程 / 224　途中手记 / 225
狂风入夜 / 227　时令美好，即将推出 / 228
夜中人 / 230　天降红颜 / 231　十年 / 232
清晨，我们奔赴南山 / 233　洗澡 / 234　大手掌小手掌 / 235

附录一　赠诗 / 237

人在静园，或最好的例子入门 / 臧棣 / 239
假日诗 / 阿翔 / 241

附录二　诗学札记

好诗必然返回生命最深的源泉 / 245　诗人"下山" / 247
我始终坚持诗的各种可能性 / 253

附录三　评论

黑暗如何承载生命的亮色 / 刘波 / 265　名家推荐语 / 271

后记 / 275

卷 一
击壤歌

击壤,击壤。万物本就一理:
死生多么自然,消散何其芬芳。

相见欢

相见欢。请允许所有的推衍都成为往事
万物环绕天地,一切悲壮
有甚于墓碑,刻刀的锋刃深入岩石

相见欢。请允许所有的情事都化作虚妄
幸福与苦痛,犹如一腔炉火
纯青,将使它们修炼得光芒万丈

相见欢。请允许一切都寂静无声地凋谢
那些可能的,与不可能的一闪而逝
细斟,独酌。我只能安然地将其宽宥

证 词

万物有情。自在和宽宥是最美的德性。
我欻然自得,起来求索真宰,只见狂风吹动。

说实话,我有无穷"现量",渊默而有雷声。
如今,"外境在外,内境在内。"
我不知道到底是狂风吹我,还是我吹狂风。

大果蓏。我立于不败之所。我需要一个旁证。
真的是"外境在外,内境在内"么?
狂风已止。唯有元气存在,庬昧化革。

短歌行

又逢大江东流。我揣摩,这尘世的告慰
也不过就是一灯焰火的燃起与灭熄

我们的樊篱越来越宽广,越来越明亮
而江水滔滔,将历史冲刷成伟岸的河床

那些下山的人,他们的朝拜行将结束
江山静极。连虎豹和虫豸也都陷入了安详

晚风无须多吹,坚固早就输于了永垂不朽
渔与樵张酒庐下,笑谈已成审美疲劳

乌鹊记

短歌的委曲,依旧在随着被陆续洞穿的旷野
移花接木。那曾经酾酒横江的人物
在鼎足三分的时代,无疑有着千钧的重量
然而,烜赫一时始终敌不过运命的秋收冬藏

还有那些南飞的乌鹊,它们辨不清历史的黑白
它们鸣鼓入蜀,或入江东;与入鲍鱼之肆
抑或芝兰之室,看似并不相关
月仍旧明,星依旧稀。良禽择木而栖

可有谁能看得清那些倾轧相向的车轮之痕呢
史册里演绎的天空布满了火攻的灰烬
万物得时,吾生行休。
一定要南飞吗?南,不过是一个虚置的方位

击壤歌

之一

生来彷徨。某日,我们将停止这种感受。
想到安生,渴盼性命无忧。
我们都不过是被造物主流放到大自然的种子。
飘忽,行走;劳作不息。

有时候不妨试着观察造物的力量,它的确才华横溢。
但我欣赏这让人惊艳的世界,正如同我的担忧。
面对每一个即将离去的,我心急如焚;
面对每一个即将到来的,我忧心忡忡。

击壤,击壤。我多么渴望掘出一井枯泉。
让那无边的泉水,蔓延到万水千山。
那万水千山的每一处都充满了灵性的气象。
从每一片灵性的气象中,我们都照见完整的自己。

之二

日出而作。日落而息。

这从不久违的日出与日落,它与我们迥异。
在宁静的宇宙,它从不厌倦旅途劳顿。
它竭诚尽力,不欺世盗名;它忠心耿耿,不逃避责任。

而在闲居的日子里,我们用盲目顺从了理智。
我们已经习惯了那些冥顽不灵的重复与说教;
我们已经习惯了不痛不痒、不热不冷、不火不温;
我们甚至厌倦了投桃报李,以及克己省身。

击壤,击壤。我们只汲汲于追求那些满足于感官的事物。
比如美酒,一些鱼类,或者乡间"野味"。
而此刻,你眼前的景色正含有不尽之意:
光芒洒满了整个山地,青石板上拖下长长的阴影。

之三

暮色四合。总有人顶着主角的光环出现。
当风云骚动,孤寡之圣听不进激进的言语。
你仔细端详,我心生隐忧。
那触手可及的地方,到处充斥着孤独盛大的悲苦。

那些逝去的背影,它们多么富有弹性。
山风完全消退,磷火徐徐攀升。
墓碑被切成琐细的方块,刻上丰饶的动词与形容。
一代风流如何?该去的终将远去。江山雨过天晴。

击壤,击壤。先锋的坍毁永远亲近着无形的反抗。
获得升腾,需要付出不朽的代价。
空洞已久负盛名。
当原生态的脸上长满青苔,完美黯然成伤。

之四

至人无梦。一切都将从忙乱的梦境中得到回归。
世人不都似蝴蝶,栩栩然而飞。
世人不都是庄周,可以一世昏迷。
世人皆是牧羊人。

"因羊而念马,因马而念车,因车而念盖。"
以至于最终"曲盖鼓吹",成为王公大人。
我们都超越了自己的界限。
外在世界失去了的无限终将被灵魂的无限所取代。

击壤,击壤。"其寐也魂交,其觉也形开。"
那梦中的落花,谁是它的主人?
我始终迷惘不喻。
最美的幻觉,依然从"因想"中奔腾而来。

之五

天地氤氲。万马鬃飞蹄张。
那一瞬间纷纷落去的昙花,它们也曾占据胜场。

你看那万马扬起的飞鬃,和奋起的四蹄。
它们与昙花的神韵多么肖像!

击壤,击壤。万物本就一理:
死生多么自然,消散何其芬芳。

之六

日月叠璧。那漫天的水墨结响,结出蔚然的气象。
自然化腐朽为神奇,大河在转瞬间改弦更张。
我们的心和自然的抽离,是建构世界的两大阵营。
对意象进行深构和消解,我们有着共同的基因。

那龙蛇泛滥的日子,离我们仅有一步之遥。
阵图演绎成画卷,隐逸者消匿于田园风光。
这世间,像呼吸一样自在的游弋是不是一种幻象?
"天地为炉,造化为工。"无声的陶冶充满想象!

击壤,击壤。饱读诗书与景慕先贤使我们陷入尴尬的境遇。
历史的光影变幻难测,但向前的甬道只有一条。
啊!——我们都在史册中找寻着属于自己的词根。
寄望与恰到好处的魂灵相遇,成就自我不朽的作品。

之七

大星如虹。悲悯之心必将重返神圣的救赎。

在荒芜的异乡,我再次寻找曾经的河湾。
而骏马闪烁,暗礁出炉。
我深入茫茫世事。大风跨过自由的风物。

不过是恒河一粟,何来辽阔身躯?
万物有限,红尘中暂时显露卑微的倒影。
无数的人惊心于赞美。
无数的人被遗忘于水中。

击壤,击壤。内心的野草时有癫狂的迹象。
镰刀只收割有效的头颅。白云屯在高处。
我不习惯沉湎于捕风捉影。所谓风声鹤唳,
草木皆兵。那些反复失衡的节奏,皆不在我掌中。

之八

月照危楼。月照着一地虚无和流逝的光阴。
月光起舞后的花朵,略带颤栗的恐惧。
唯有风不朽。
它吹折了声色犬马,也吹皱了疆域与版图。

月照危楼。月照着一地苍白和消失的符咒。
故国陷于沙砾,雕栏玉砌堪忧。
"去阳关千六百里,去长安六千一百里。"
看上去不远。看上去,像一壶千年的老酒。

击壤,击壤。天光泻地,万木苍凉。
流沙卷入空中,酷似龙的模样。
一切都是那么的美。它们本来没有任何光辉。
夜囚只想剥落掉脸上的刺字,他无暇接受赞美。

之九

大气神游。东风与西风仍在为谁弱谁强而战。
赤壁的火光犹如一面镜子,而历史被风吹到相反的方向。
"蜗角虚名,算来着甚干忙。"
琵琶摊破了荒烟蔓草,二十四史不过一纸荒唐。

那横槊赋诗的人物,曾经器宇轩昂。
他回首漫天火海,铜雀台将迎的美人仍然在浩荡江水一方。
东风本无罪。
火光烧红了天光。一江权谋,最终以无限风光收场。

击壤,击壤。那羽扇纶巾的男子是否依旧雄姿英发?
他们可怜的意中人,差一点就来不及倾囊相向。
这无边的青史,就仿佛连绵不绝的春梦。
醒,即一场慰安;不醒,你是永远陷落的俘虏。

之十

凤凰将逝。有备而来的香木集满了浩然正气。
那熊熊的火光和无穷的余烬,正毁伤着灵的毛羽。

"天式纵横，阳离爱死。"万物自在奔驰。
这伟大的神鸟多么可怜！美丽是它唯一的悼词。

可总有些事物高于燃烧，高于匍匐的大地。
五彩之鸟尚未起身，隐逸的故乡尚未相遇。
冥想和独白必将造就另一种呼吸。
一切都躲不过"大象"的恩赐与剥离。

击壤，击壤。不必太忧心大地的破碎支离。
"满五百年。"——只要历史的"火候"恰如其分！
这傲岸的 Phoenix 便能从死灰中更生。
它洵美异常，并且不担心死神的任何一次亲吻。

之十一

慎终追远。我们有数不尽的好礼，送山河远去。
水绕山，天接水。漠漠流去的无不是庄诚姿态。
吾乡人近来不喜饮酒。
齐鲁故地，原野乡村，好似荒废了孔孟遗风。

所幸，"亲亲尊尊长长"仍然彰显着"人道之大"。
我多少也还记得些礼仪，比如"免而以布，括发为麻"。
但"慎终者，丧尽其哀；追远者，祭尽其敬"。
那时的阳光低沉、无聊，孝子们早已不知身在其中。

击壤，击壤。伯爷、阿叔、老太公们依然鲜活。

风水先生指点着山峦浮脉,以及大河的盘桓曲折。
这世间最淳朴的心境莫过于时移事往带来些莫名的感伤。
"祭神,如神在!"于自己,我们却望尘莫及。

之十二

彼世何世?鸿雁云泥一直沉浸在静安当中。
风声游移不定,流水自然歌哭。
星榆落尽,荒鸡端坐于扶桑之弓。
青史从山的另一边赶来,其势形如破竹。

彼世何世?连牛羊、骏马都放归于南山,无须劳作。
它们集体俯卧,摒除一切思量。任时光轻盈拂过。
夕色连着山色,休闲绕着青螺。
茅屋已经结成,正等风来吹破。

击壤,击壤。彼世何世兮?
"自云先世避秦时乱,不知有汉,无论魏晋。"
击壤,击壤。彼世何世兮?
武陵人将归。此中人语云:"不足为外人道也。"

将逝之物

将逝之物,面对那些唯美的将逝之物
我徒然悲伤起来
我突然觉得我爱它们爱得愈少愈好
那些短暂的将逝之物,它们即将被神收回

我越来越觉得我爱它们爱得愈少愈好
它们的将逝,带着我永恒的伤悲

将进酒
   （兼致慕白）

总有一些事物，无法阻挡
我越来越向深处走去
在饱满异常的丰颂酒城里
我们如得重生，然后遭遇知己
迷雾重重，已不可控诉
而镜像朦胧
却吞噬不了往事的清晰

这一刻，我真正意识到
时间的分量
虽然有一些回声
可以无限制地延长
我们在忽明忽暗中敬酒
从不彼此伤害
相处似乎还有局限
然而气味很快就拨开了沟渠

或许，你并不青睐那些
薄暮中的黄花
有限的开阔恰是它孤独的悲吟

在尚未抵达的时候
我们仍然要复归于酒
将一次次酒醒当作踏歌归来

但我仍然相信,我们
可以重建一个最美的黄昏
那一刻,英雄们临水而居
所有的人都默然不语
好酒代表了四散飘零
中空的酒碗代表另一个故乡

春睡帖

诸花在夜深时皆已睡去
那些美感具足的彩烛
以及,朦朦胧胧的火焰
它们仿佛都带着
异界洞府的瑰丽意愿
我们的内心,有大欢喜

生命排斥永恒。故——
春睡只能入梦。不信你看
那些三叶虫、鹦鹉螺、鱼龙
以及石莲和大树上的懒慵
几万年的春睡
都已寄托在岩中

新夏歌

阒寂的青骡,翻山越岭而来
夏风驮着马匹,马匹驮着青稞
满山的果子熟了,丘壑婆娑
青天倒立,不费吹灰之力
就盛纳了细落,和无穷荒野

阳光,来自彼世
斜风至今吹拂得百草"梭梭"
传经的瘦马依然往来于阳关古道
五月的青苔,奔突的力量
早已浸破几万年龙驭的城郭

天上翠霞嵯峨。原酿于
酒杯里的颤栗,早已不可凑泊
一双鱼,一场虚,一场论辩。
铜声里的瘦骨
嶙峋青青。风光恰与夕阳斜

云中书

一朵云的停顿,仿佛中止了光阴
这时的我,和鸟儿一样
我们和无边的风都是幸福的
我们都像云一样停下来
日光轻盈地浮在上面

虫蚁们因这薄薄的声色而内心舒缓
它们都把这当成了自己的存在
你看,连周边的闪电都是愉悦的
雷声也轰隆隆地打内心溜走

在苍茫中,那隐蔽着的每一刻都是这样的
那些短暂的光阴值得我们拥有
草树因含露而使人看不见自己的痛苦
众生的悲欢因平庸也陷入时间的不朽
大地上保留着它们同等的光影

春风度

哪怕只有一次相遇,也足够了。
那些细琐的花儿开满了忧伤。

她们很费力地投入到春风当中。
纷乱的花枝瞬间便遮掩了一切。

忧伤啊,忧伤以终老——
是谁在用刀锋抚摸着唯美的伤口?

如梦令

整整一个上午,我都在专注于一朵
百合花的凋零。这并非寂寞的,芳菲时节。
暖熏席卷了整个南方以南的城。
而它就这样,在花瓶中安静地凋零着。

谁说一定就红颜易衰、青春如流呢?
聚散本一体,青春如梦才刚刚醒。
只不过是暂时抛却了有形入无形啊。
呵呵。落花如雪啊!落花如雪,多么好!
整整一个上午,我听遍了城西听城东。

刀笔吏

轻轻地,我掩上一卷历史
翠竹青青,仿佛鲜活的沉重
搁置下一声声无名叹息
突然间,我只想悲悯大地
悲悯寥远的天空
这些不自生的虚空,它们其实比实在更实在
而言语多假象,它们带着绮美的形容

看金鼎竹书,我们如饮苦酒
英雄招蜂引蝶
而哭声如洪钟,始终湮没于刀光剑影
这纷纷扰扰的青史红尘
小人物苟且偷生
帝王将相们忙于不朽
刀笔吏镌刻着别人的墓志铭

对 雨

长风过后,坐在阳台的门槛上
我坐等一场夏天的大雨
准确一点说,我是在等待
时间背后一种训练有素的力量
习惯了在寂寥之后打破常规
喧闹突然死去
元知一切不过都是万事空谈

对着一场雨下落,就如同对着
内部的潮汐涌动,然后按时退去
隔壁有人言谈
我瞬间汲取出其中的能量
这里面夹杂着一个人的语言史
它完成了滑稽的雷击
我的生活也被拨弄出癫狂的痕迹

面对一场雨
又有如面对一场盛大的宴席
必须用比较讲究的方式来进行处理
我试图寻找出这其中的界限
却无法预测到无形的秩序

我是一个不善于削减无知的人
雨水流经不同的面孔
我企图在错置与重构中僭越它

独　坐

独坐黄昏。我停止了内心的野兽
草木更换春秋，我上下打量着
三五成群的光泽，流动此起彼伏

是否存在一种类似于乳名的称谓
既可以用来分享，又可以用来抚慰
就像造物壮志未酬，幻出万籁声威

独坐黄昏，湖上无莫愁之雨
我的确喜欢独坐。不信你看
残阳正隔离出晚霞
浮云如游子，它们策马奔驰

夜访山鸟不遇

今夜,我们奔赴山中,
然临水而居。

这是与青天相倚为重的一次相遇,
洞府里的我们,烤着令人着迷的炭火。

云雾漫山遍野,
巨大的建筑物缥缈成天府宫阙。

山鸟何在?
停驻于高处,我兀然有此一问。

身子敌不住寒冷,
玄想——正逐渐靠近烟云。

春日诀

日暮红楼珠帘下
狂欢的人
一次次将夜鼓入更深层

明朝。春风
应该经过小桃枝了吧

多少年,我已未回到杨柳岸边
那里的人们正嫉妒着垂杨
因为春风已经为它染上了仙衣

而垂杨正嫉妒着舞人
她们正携手在水边舞弄着腰肢

春梦赋

沙鸥水鸟，抖落一身轻狂。
漫山的春色宜人。

皤然老翁，云帆风舶。
"望八"之年，犹有春梦。

"食、色，性也。"
人生的美戏，恍如三月，才刚刚开始。

春草，雨露。一个个迷途知返。
野色横集，直入脏脾。

如其所是

沉入午睡时刻
聆听万物呼吸中的孤寂
从林中之路
我逐渐获得了鼓动的礼物
然后与影子一起
撤入水中

这迷人
而可以遇见风的前夜
如其所是
如其最本来的样子
猎人和他的对手
走过山间
没有一句多余的话

我从来都不信奉
狡猾的智慧
我只相信，关于存在
及其周围的一切
皆有微神照耀
无论是内在的奇境
还是外在的野性
一切枷锁，悉数摘除

沉默以后

沉默以后
摸着解禁的语词过河
拆桥的人躲了起来
我只能得到一个
充满了隐喻
却自足的宇宙

沉默以后
是半睡半醒的状态
此刻,我的眼睛朝向上天
心境存于大地
有一只鸟儿,它的声音
带着特殊的虚幻性

沉默以后
我抽丝织锦
或问:如何收拾残局?
我哑然不语
只见群山奔走
荒凉的风景从天上掉落下来

近思录

这是一个此消彼长的年代,
狡狯与温柔香随意出入。
潮流与"旋风"玩弄着唯美,
"格雷欣法则"裹挟了爱情。

这泛滥着困惑与蒙昧的文明,
被狂欢与挣扎合力包围。
羞耻感随意到没有任何门槛。
诗意的栖居,如同神话。

娱乐至死啊!话语场已被颠覆。
诗性从此消失。
无法承受的考验,风靡一时。

模仿者说

在任何时候,都可以心存侥幸。
郁闷如果起作用,便无任何人能够阻拦。
捶胸顿足,或者遍绕篱墙,
或许对将信将疑是一个大逆转。
不过,也可能会被认为是另一种丑态百出。

多么不可思议。
一场防不胜防的雨水,还未带来什么声色。
有人的内心,便嘤嘤然呜咽起来。
灰蒙蒙的谎言,与或多或少的暗示互相推助。
受攻击者,已经七窍生烟。
而委婉的艺术,完全在于留白。

事情当然不可能就此完结。
伟大的世界,让人在生活的琐碎中形同陌路。
聪明的人,大都止于点头寒暄之交。
是没有人肯看清那些荒唐的嘴脸?
还是绕来绕去,都成了尽人皆知的秘密?

摸鱼儿

1

站在风中
我悼念一只受伤的鱼儿
它所有的隐秘
都被空中的云朵封存
那些云朵是一部分水的化身
它收藏着我们活着的激情

2

镜子中的我,曾一度呈现蜕变
惨痛正变得激烈
无论从哪一个方向来审视凋落
白发,或者青丝
从容不迫,或者瞠目结舌
在内心中,它们已全部化为乌有

3

生活中的我,从未牢骚满腹

在"规则"里,我们
一起玩着孤单的"游戏"
寄望于受伤的鱼儿早点还魂
如果想主动出局
就不要酝酿太久

有所思

风吹开了旧堤,逝水疾驰
骏马时时穿越光阴的缝隙
从一块岩石的内部看到折镞的水滴
在大海之南,我心有所思

草木一秋,山水无穷
万紫千红最终还是绕不过大江东去
它们凝成了霜,结成了果
处处青红,顿然成为隐秘的往事

我们不得不承认,总有一些力量
与人的存在,交相辉映
荒凉也好,悲切也罢
青青的风骨早晚都得付于深湛的秋声

如此寂寥的归途。那天上的
一片云,本是其中最有影响力的风景
然而,秋雨突然而来
青史的印花瞬间被打入了时代的青铜

暮霭中

暮霭中的流水
正流出血肉之躯

暮霭中的我们
正逐渐朽去

暮霭冠冕堂皇
它似乎要把整个天空都交付给你

但暮霭中的云朵
其实就是它自己

借着暮霭,太多的人
开始了借尸还魂

高超的伎俩
淹没掉我卑微的脖颈

荒野笔记

怀抱一场厄运
就能更清晰地看到时间
它从高空落下
或者,从地面反弹
我听到骨骼脆裂的声音

此刻的荒野
满眼都是奔跑的黄昏
满眼都是灿烂的烟火
几乎没有人设想自己
可以成为一个壮丽的存在
因为风景如果太烈
亦如同一场大火焚身

为此,我变得沉默少语
以便与外在的万物
保持同一个翕张的节奏
可一切并不那么容易
我仍然如飞蛾投入火中

因为这无尽的荒野里

始终存在着神秘的光阴
大水隐于云起
天机中缀满了沉沦
生与死，横陈在水中

对 抗

今夜,我将放纵出
一匹好马
那是另一个我,想要逃离出
苦闷的坟茔

但对于咸鱼翻身,我似乎
有点过敏。它们都是些偷渡者
黄昏里的雨水
一时被搅得模糊不清

即将悄然流逝的
总是要呈现出适当的"美貌"
比如台风,不断地被命名
吞噬后就消失得无影无踪

如何对抗这些无形的仇恨呢
我的灵魂有些偏执
身体和思想犹如被推倒的芦苇
俨然一个空洞的俘虏

城市里,所有的灯火即将熄灭

为了让位于一场逃亡
我的马应该尽快赶路
争取在午夜时分翻越关口

到那时,不必再假装晕眩
指路的星辰已然高悬
一张丑陋的脸孔,映照出月影
山冈上有巨象奔腾

暗 河

春深,如水。顷刻间
它的容颜便没入了夏日的深刻
于此时,我想象着
池塘春草生于春与夏的夹缝之间
就如我,被造物
安放于生与死的交锋时刻

烟花过境。夹缝中的生存艰难
那些只能伫立的灵魂沉默着
它们安身于自己的安身处
任由历史的黑洞将其收割
它们任鸟儿颉颃,成为各自的隐喻
它们任花开花落,成为涅槃中的仙国

今天,我从白昼打马而去
镜中的江南是我最美的棺椁
天再晚一些
就会有磷生的火光显现
魂灵们唱着赞歌
我的马很快与他们踏入同一条暗河

暮 歌

叹息并未走远。薄暮中的人，踉踉跄跄
像一个醉汉。但他以此为乐，并不感到痛苦
真正痛苦的，是那些即将沉入苍茫中的歌者
他们无法掌控自己的全局
就如同无法掌控夜晚中的某些芬芳

他们的歌声已经衰老
但他们尽可能地不让它们沾染上历史的尘埃
以此之故，他们仿佛对满月情有独钟
我甚至怀疑他们有着同情苍白的力量
而我们与这种力量却始终显得有些格格不入

是否可以认为，他们是在透过一些闪烁的事物
来表达即将消失的谦卑信念
或者是借助歌声的式微来消弭一场盛大的硝烟
对于如此轻狂的举动该作何解释，我不得而知
但此刻的湖面上，雾气已经升腾
氤氲的违和感，就仿佛暮歌令人窒息的尾声

套中人

寒冷的人突然懂得了，变天就如同
人的随机应变，那是自然的一种智慧
但即使如此，你也不能真切忘怀
什么是寒冷，就像你不能真切忘怀孤独
孤独之于人，就如同寒冷之于命运
它们身份不明，却都伴随人的终老

只有感慨万千和同情能将我们引入审美
这其中所隐含的是，我们都是对现实
积极地加以反对并且即使反对也无效的人
这似乎是一件令人悲哀的事情
但你也可以看作这是对命运的一种讽刺
荒诞总是如家传至宝，薪火相传
也许我们应该始终持守着这一隐喻
因为有些尽人皆知的秘密更让人无法逃脱
就像有"骨架"支撑乃是人存在的法则

不过，也不必太执着于后退这一选择
《心经》上说，"无挂碍故，无有恐怖"
既然弄不清到底是什么意志一直高高在上
那么不妨学一下晚年的五柳先生
一旦你面对山峦，就能知道河流的方向

取栗者

取栗的人,站的离此不远
但即使如此,你也不能洞穿动作的迅疾
以及结局中那被烘烤得完美的栗子

你专注于此,从而忽略了火苗
这一事实的核心在于
它完全不同于普罗米修斯从神山盗取天火
也完全不同于自作聪明的掩耳盗铃
最关键的是,它是智者的表演
这种演绎,激烈处可以让人噤声
却不失为一种最高荣誉的赞叹

然而其动作却并不使人陶醉
我真正的陶醉在于,我已从陶醉中逃脱
很显然,我不是一个取栗者
与此同时,我更不愿做一个无聊的看客

听 风

如果你已听出了河流有恙
那么就无须再虚张声势
与这个世界保持暧昧是一件危险的情事

无论你虚构的是一只灰色的海鸥
还是一座看不见的城市
无数的现实,终将向你问鼎

最好是判断出河流的机心所在
毕竟,听风始终有别于观察风水
而我们与风的关系,除了听
或许还可以视为一场古老的诅咒

风　声

如果你已安于某些场景的失衡，
那么请再聆听一下对于风声的控诉。
它的现代性依然是那么古老，
魅力完全寄托在无形的咆哮中。
在高楼之上，
我们因为风声而埋藏下一种恐惧。
就连"第39号案件"，
也成为一个回避的话题。
而在此之前，
我们还对这个电影评骘有加。
现在，你可以断定
是不是风声带来了一种伤害？
因为，需要保护的人，
已经比往常提前进入了某个位置。
因此，在这个时候
我不可避免地要产生一些怀疑，
比如：房间中的衣柜和厨具冰冷，
是否也与风声有关？
肉体干燥，以及花瓶的突然破碎，
甚至我对很多事物产生的不信任，
是否也与风声有关？

然而不可确认,
这是不是一种必然的安排。
但我真的没有想到的是,
风声在这个冬天,
居然占据了这么重要的分量。
一大早起来,风声仍然触手可及。
我心有余悸,但也发现:
它以一棵侧柏为例,
为我们证明了选对位置的重要性。

逍遥游

1

居于南国。摆脱掉习以为常的蛮夷偏见
我始终在追寻一片汪洋碧水

大海无与伦比，鹏鸟沉睡于不朽当中
我相信，这被造物垂怜的地方
也一定值得我们凝神，并且留下雷霆般的记忆

更何况，这里深藏令人归隐的静寂
无论你从哪个方向远眺
它都潇洒如一叶扁舟，在不尽的风中飘扬

2

我将静候一场璀璨之孤独的来临
它飘飘然落下，犹如一场虚无的雪

当夜晚的帘幕垂下。我有宿命之感
这蓄谋已久的美是难以逃脱了
大海中涌出繁星满天。这样的逍遥值得冒险

是谁为此处的饱满赋予了形容呢
又是谁辨认出了海岛的形状,并且穿越了天空
我继续猜想,就像铩羽的鹏鸟在海上遥冥

3

然而江山终究大美,恍惚的形体让人无从把握
在有些时刻,我奢侈异常
偏执的内心败北而去
形单影只,也在瞬间被吹成了物我两忘

如此孤绝之地。我的栖息只能陷入梦境的核心
看不见现实主义的忧愁。把酒临风,宠辱皆忘
我知道,我已经站在了"逍遥"的阵营
此刻,洪流滔滔不绝,仙山孤悬出另一种意义

4

但仍然需要实证。这种"孤立"太过异美
久久沉浸于与海阔天空为伴,世俗遥挂天际

即使不经意间从烟波浩渺中得到回归
但若冷落了浩荡远古,以及
历历画舫中那些震撼人心的酩酊大醉
也仍然是一件不小的憾事

逍遥游世。我的精神在海湾中不会再遭遇漩涡
大鹏南徙的凛冽,岂止是一种高蹈
纵使会有几代人都难以触及的不可预料
当心无旁骛,内心也必将驱逐可笑的意乱神迷

5

在它的鼻息中,我俯仰开阔的宇宙
奇迹往往是朴素的,它或许就在风中摇摆
然而又能随时停下来,表现得黯淡异常

不过亦不可否认,这是一片神秘的疆土
几乎是天降神奇,在爱的清醒与暧昧之间
意外时时闪现,规避措手不及

要感谢那些我们曾经一度麻木的病理
比如囿于偏见,或者置若罔闻
而一旦身处海岛,微神的照耀却又处处可寻

6

海岸迷离惝恍。怎能不如痴如醉
黑暗已被切割,我也要告别寡断与彷徨

即使笨拙,也不会误解海浪的猝然惊起
只有贪婪和嫉妒,才会带来

冗长的颤栗,以及掩饰的处心积虑
并且还带来雷声,沿着与闪电相反的方向

7

啊!我多么惊讶于那些被风浪吹散的岩石
记不清有多少回,面临激荡的黄昏
它们乱乱纷纷,仿佛夜晚飞动

沿着星辰的指向,我小心翼翼地窥伺
上帝的秘密,以及它鬼斧神工的手掌

这水天相接的清凉,完美而渺远
在难以预设的无垠中
孤独化身猛虎,悄悄驰向了灵魂的方向

8

没有倦怠。我始终警惕着时间的野马
同风而起,九万里之上耸动着垂天的异象
影子散落在绚烂的潮汐,成为仙山的替身
蓄意的猜测溜进山谷,现代的神话倏然登场

并非呼啸而过,这里是一片隐性的故乡
大海的颜色与内心的历史遥相呼应
风马牛不相及的迷雾,也已改弦更张

卷 二
还原诗

面对万物的存在,我已经决定抽身而退
前途未卜先知

悲伤诗

悲伤是对万物模糊而凄凉的印象
就如同面对着草木与流水
我的内心,显得有些慌张

作为时光的隐喻
我想说,是流水剥夺了草木的春秋
水流落花去。这是草木注定的命运

从早晨到中午,从中午到黄昏
冥冥之中,悲伤了很久
面对草木,我犹如面对一群悲伤的人

虚无诗

比远方更远的天空,即将沦陷
比沦陷更远的地方,也正陷入荒年
我的拾荒之马为何还不到来
密织的网罟,正在过滤掉时间

我为什么流泪。月照着荒凉
月照着一地虚无的光阴
我的拾荒之马为何还不到来
辽阔的更加辽阔,万古消弭于一瞬

是否天意如此?长青终将腐朽
万物必将端坐于荒芜之墟
我的拾荒之马为何还不到来
我即将离去。归于沉睡,或者枯寂

闲坐诗

无聊中闲坐。面对芸芸众生
我犹如窥视着漫天星辰

不过都是凡夫俗子
他们爱,或者恨。这尘世不作半点偏移

但光阴如斩。毁弃的力量永不停滞
生长在折镞中形成回旋的力

我到底还是爱——将光阴闲置
在已经废黜的人间,捡拾虚无的石头

然后雷击,接通火种
……然后燃烧,带来最后的灰烬

还原诗

黑夜还原了白昼
秋天即将还原早已逝去的春天
我的内心,无限乖巧
生命的荒原只向苍凉处敞开

想象着回到原始。那些曾经的野性
充满了戾气
秋水泛滥,万物打破常规
这是皆大欢喜的叛逆

你要相信,弦外的真相才真正有趣
请记住你所忽略的,忘却你所专注的
有一些真实终将消泯
而我们常常还原虚假的真实

面对万物的存在,我已经决定抽身而退
前途未卜先知

暮归诗

怎么会有这样的感受
残阳突袭而去
我在一千层暮色中回归
如得劫后余生

苍茫的来势依然凶猛
天空很高
本来与众生无关
此刻却仿佛关乎我的生命

风消失于无形
群山被压得越来越瘦硬
这深奥而且丰满的归程
让人无法掌控

我突然幻想起我的祖先
它们时常在树上翻腾
它们经常对着神和大山说话
它们渴望能握住自己的生命

歧路诗

总有不尽的"光芒"四射
为此,我常常静观未竟的来路
有多少穷途之哭已不记得
但独见——
他们孤寂而虚荡的身影

有可以选择的死
有不可以选择的生
当他们陆续选择了摊破《广陵散》曲
我看到秋风正盛

而黄叶满地
正仿佛他们被击落的赤诚

回光诗

仓促而来的回光
相比那些缓缓流逝的长河
它们是幸福的

一切已经照临
一切都难以诠释
不管有没有流浪的鸟儿飘过
不管有没有不知名者在山野栖居
一切已经降临

对于回光,照临是一种姿态
它不在乎背景能否为自己带来伟岸
它甚至要驱除掉一切修辞所带来的伪饰
尽管它无法维持长久之计
但它对于这神圣的照临乐此不疲

哦!我喜欢这被回光无限沦陷了的傍晚
所有的水流都停止了行动
漫天的云霞也不再向往别处

醒来诗

醒来的最佳方式,是把醒来当作又一场大梦
让梦无限制地延伸。有的人从中醒来
有的人从中离去,我们都成为生与死的能指

如此,我们迎来最梦幻泡影的时代
我们永久地生存在梦中,我们像极了梦蝶的庄周
像极了栩栩然的庄周。不分你我,不分彼此

不分历史与现实。我们颤栗在梦境的中央
就如同我们颤栗在时代的中央;我们退回到
蝴蝶的世界,就如同我们退回到自我的心脏

我们都不过是一只模糊不清的多义的蝴蝶
它将我们送回各自的世界,以便更好地区分自己

悲欢诗

悲欢是无数人所共知的悲欢
却只构成极少数人的千秋
悲欢中充满了欢愉
当然,也有无据的悲伤如骨鲠在喉

我们难以拒绝依傍
以无奈的想象和忍受为师
以硕大的卑微烘烤着时代的洪流
广场逐渐蔓延到荒野之外

我们也无法忘怀愈发膨胀的暮霭
有多少欢愉消失不见了才算足够
我们剥夺了无限的外物
最后连自身也成为被剥夺的一部分

有一些盛名,倒映于天空
而历史原非如此
但天空倒映于旷野,无力承载的虚隐
至此显现最原始的黑白

啊!这无边的悲与欢到底如何才能化掉干戈

我一边饮马
一边采集不老的树种
而忧伤，正从坚硬的头骨汩汩攒来

山居诗

飞鸟从遥远的时空来逃避浩劫
在山居中,它们放逐压抑的内心
兀立在宁静致远的山谷里
我试图仰望。青草正点亮抑郁的春天

寂静的河流穿越山阴。黄昏的两鬓
变作湖水。忧愁,倒映成艳异的花粉
我相信,我看见的那些湖水
都是些善良的湖水。它们行将远走
而致命的诱惑,绑架了生存

暮日里的枯寂,骷髅已经聚集成仙
一片片的花瓣,最终拼接成象征的图案
在深夜,我借助梦境得以看清那飞鸟
它们不过是并行于水上的两只野鸭
幽冷的水晶之夜,坠入荒诞的神化

在野诗
（或曰在坳背新村）

山路曲折
并不带来情节的离奇
几方鱼塘，一池残荷
粗野的小山
就这样向我们敞开了
它质朴的怀抱

在野，确切地说也是
一种对身份地理的描述
然而有时候仿佛也可以
将其想象为投身于田园
躬耕仍然可以逃避
风物却达到最佳的融合

就比如说，我此刻
已经完成了如下捕捉：
笼中群鸡杂处
而鸣叫之音不见
菜蔬清幽
却疏远了鸟兽虫鱼

一株秋葵
以遗世独立的姿态
抢先占领了
某些饥渴之人
秋千架上自得其乐的人们
成为茶余饭后的谈资

高蹈诗

怯于高处的人,习惯于在低处找寻
而在低处——
闪电减弱了力量,激情消泯于大地
高昂的姿态,变为低级趣味的觅食

我向往高处——
就像孤独兀立巅峰。日月悬空,万物匍匐脚下
就连高风也只有顺从,带着愉悦
而不是慈悲,前来助兴

同行诗
　　（兼致阿翔）

今夜，迷途变成了同行
我找到被屏蔽多年的快意
今夜，迷途知返
我有许多藏匿的触须萦绕体内

挣脱了质疑、自我问难和想象
令人沉醉的气味隐约可闻
说实话，我有一些令人狐疑的自满
然而，真实的语言让我无路可寻

我应该无限接近神性
一些阻碍意味着新的秩序逐渐觉醒
我们都是风尘仆仆地活着的人
有的人有限高明
有的人却有着无限的可能性

列车终于到站。时光难逆其序
此刻。我想，你应该已接近你的目的地
而我也已到达我的终极
只不过，沉思默想让我模糊了人生的出口
彼地。你是否还在确认自己的位置

晨光诗

黄昏凝固太久。恍惚的大地此起彼伏
晨光中的雾岚散尽了对抗
苞米上升为整个一天中的主角

在这一天当中,它将简单地剔除属于自己的光阴
以天空为镜,照见自己的颜色
以阳光灿烂为模样,救赎沉默寡言的流民

于燃烧而言,晨光不过是一群温存的流线
手握砍刀的收割者
正逾越正午的界限,攀附即将消泯的星辰

冥想诗

今夜，有大海碗鱼从天上来
在周末，它取代了清江鱼成为美食中的主角
并且价格上扬了一倍
委屈的清江鱼自此遁迹江中
它日渐衰老，周围早已不见了崇拜偶像的鱼
和曾经类似的青春

而此时的江边，渔火点点
才子正忧愁满腹——
他将如何排除内心的焦灼？
面对着大海碗鱼，他将无边的渔火和江枫
悉数收入了囊中
看得出来，这乃是诗人一世功名的忧愁
晚风吹拂衣襟。孤独死死抱住夜半的钟声

还乡诗（一）

带着一阵清风，衣锦还乡
与带着一副灰头土脸的面孔还乡
是不一样的
前者有前倨后恭的姿态相迎
而后者，常常因"无颜见江东父老"
逢人避之唯恐不及

我想说——
第一个打破衣锦还乡的人，是勇敢的人
但如今，即将还乡
我仍然有些近乡情怯，怕对来人

还乡诗（二）

暴雨从黑夜中来
我仿佛听到另一种声音

灿烂的星空，在闪现之后遭遇围困
而还乡的归途更加清醒

故乡的极境，我早已一无所知
除了遥想之外
情感的侵袭，已如鬓角抽丝

我将如何剥离这难得的孤寂呢
世事茫茫。万物倍加明亮

考场诗(一)

这仿佛千年一贯制的考场
考场中坐满了考生
只是以前有的老,有的少
现在大约普通一等

他们埋头苦干,或者陷入沉思
极少数的人优哉游哉
旁若无人
我对他们欣赏极了

但我的内心有些悸动
桌椅或试卷不断地制造出些不安静
这些响声琐碎,杂乱无章
但其中却暗含真实

有人通过个案研究,提出了
——"历史大隐隐于诗"的话题:
英雄的光晕里充满了想象
宏大的叙事不值一提

于是,我端坐一隅

试图还原出一个"科举"的细节
到底是谁的一举一动
到后来会动摇　中国的历史

考场诗（二）

南山的春雨
直到下午申时还有所逗留
而考场中的应试
也没有尽意
这是一场席卷了春色的"应举"
春雨中还夹杂着青葱的鸟鸣

我很自然地联想起
古人的春闱
再过一关，就可以一睹龙颜
这是多么有向心力的吸引
而一想到此，手头的狼毫
一下子就变得重如千钧

幸好并未全身湿透
毕竟笔法和功力也揣摩了多年
当然更算不上孤注一掷
这与冒险也有着天壤之别
不过，若想非常轻松地换来一次
弹弦鼓吹，也并不容易

古人说，思虑关乎动静
果然，我已想得太多
此时的考场里鸦雀无声
我闲得无聊，信手翻书
看到了一句："山鸟
通过一幅画而融入自然本身"。

忏悔诗

时光不紧不慢
我担心分量太重的盛年不再
我担心没有温度的抑郁重来
为此，与时光
我们各为驱使，同效犬马之劳
它为我们的暮年带来暴力的记忆
我们在它敞开的空白上
写下满面红光

芦花盘旋，秋水盘旋
秋高气爽正激荡出墓碑的雄壮与苍凉
我们都晓得，那墓碑存在的地方
也必将是我们最终的归去
但我已开始忏悔这时光奔突的流亡

自省诗

内心的膨胀,突然微弱了下来
透过些彷徨的动作
我试着与爱情、婚姻和美酒告别
言语偶尔打破内在的叙事。从一声叹息中
移植出不曾有的开阔

世事洞明皆学问——而我,始终
只看到万物模糊的面孔。我相信黑夜
也是一片空白的
但我们大都仇视这黑暗中的空白
而深爱那个充满了顽疾的"旧约"

应该如何言说?对于"存在"的问题
我们常常不自觉,或者疲于应付
而无知者,往往感觉已经大功告成
其实,对于造物而言
万事都不过是竹篮打水——一场空

生活安放在别处。不必太执着
不必太纠结于真相。真相即遗憾,即残缺
以残缺的名义,我们才得以固守完美

人啊,它本质的意义和属性
它一切的"一"之实现,永远在路上

因为走得太挣扎。我们已忘记嘘寒问暖
时间高高在上,时间端坐于峰巅
万物之灵,最终沦陷于石头的坚硬面前
这是所有人的中年,和即将到位的老年
不过不必太在意。因为坍塌和崩颓不可避免

偶然诗

也许即刻顿悟
也许常年都不会有完整的苏醒
有时需要跨越千山万水
有时就牺牲在自己的掌中

也许只言片语,也许云淡风轻
然而,谁是谁的离经叛道
谁又是谁的经
又是谁打量着逃脱的禅意,写下了丹青

我是一个无足轻重的人
万里浮云阴且晴

忧伤诗

秋风吹皱了天空
我的内心充满无形的反抗
开始冥想一座山
或者一条无名的河流
山冈上落下鸟儿无尽的忧伤

忧伤啊！忧伤以终老
也唯有忧伤能让人成为自己的国王
而我的忧伤，尚在那荆冠之上

还有风。还有水
还有那漫天散漫的云朵
它们带着更加疯狂的寂寞
来为我壮行，或者赠别

游戏诗

时光倒流不远。风也回到从前
那些受伤的木柴,仍在努力地支撑
它们希望把铁锅里的石头煮得更烂一些
并且煮出粮食的味道

一大群饿殍在附近围观
涎水落入滚滚波涛。一切都化为泡影
然而,石头的味道继续发挥效应
一个瘦弱的汉子,倒在地上

眼中发出惊雷的目光。杀人的游戏
进入高潮——

祖国诗

当秋风正盛的时候
我站到了你青铜色的容颜面前

肋骨铮铮,风光无限
我把我整个的身躯都交付于你
而你无边的辽阔,衬托出
我不过是个无足轻重的书生

但是祖国啊,我仍然要向你的不朽
致敬。两千年来,那些大雅或骨鲠之士
他们或讽或颂,或比或兴
在你的额头上写满了《诗经》
而一场普通的雨水,将我带进中年

祖国啊!你的血肉来自哪里?
你的元神终归何处?
你的出路就像是三闾大夫面壁时所发的天问
它们注定了我一生苦苦寻觅的事业

如果能够戳穿赞美,离你更近一些
我愿意寄身风云
看光阴无情,它到底如何冷却了
你赭石色的肉身,以及魂魄——

不安诗

宁静的彼岸花逐渐枯萎
此岸万物生长。大象席卷山河
从阴霾之地到毁灭之墟
最初的觉醒,与最终的冥想
必将合二为一

万有皆止。这是时间的历史
浩荡史书,不过是一场梦魇
或者一连串虚无的名字。而故人
早就遗落于永恒的秘境

在遗忘和相遇之间
在彷徨和逃离以前
请不要测量死亡的精确长度
这是个漫天星辰都十分清醒的秋天
黄河青山,易如反掌

失眠诗

（兼致阿翔）

你有一滴雨，可致不朽的辉煌
你有帝国般的宇宙，可沿灌木接近
我随意涂抹着梦幻泡影，试图看清
历史中的每一个众生

这是谁的脚下？我有渴望千里之行的
冲动。就如同风，在坠落悬崖时
反而能发现不同的甬道。使重生
更加成为可能

我有我梦寐以求的反叛
黄昏是分解的一个重要组成部分
总有一些难以置信的事业
透过想象可以征服天命。比如诗歌

那些金黄的稻束，或者一座房子
教会人，如何理解人生的意义
而深夜。有人听刺骨的秋雨，源于
一场沉醉。我是一个徒劳庆祝的人

青春突然沉沦。中年臣服于大地
除了写下的言语,酒精是我们另外的
旁证。我们的影子,写满新生
历史却选择了肉体作为偷欢的依据

穿越孤独而成为孤独的王者
因于低处而成为在野的英雄
没有什么不朽不可以被裁断或者冷藏
试图亲近不朽的人常陷于荒烟蔓草中

重阳诗

时光无情地度量
万物只剩下疲惫不堪的深入

抛弃这些苦果
我们不去追问逝去的光阴

都说，人至暮年
已如河之东流，随心所欲

依我看，一切终归寂寥
青红皂白，悉数化作悲悯罢了

东门诗

于滚滚红尘,我湮没无闻
当所有的音声都羞于启齿
便是又一场喧闹
即将圆满结束的时候

东门是我的异乡
东门是流动的时光机的乡愁
面对熙来攘往,繁华如梦
我循着暮秋的激烈
安然危坐于梦境的中心

一切都是真实的缘起
一切都是众生的幻象
一切都在弹指之间
一切都超越了永恒的沉沦

无须悲伤太久
秋光为大地献上唯美的朦胧
其实,你和我都看得清楚
东门的夜色中充满了隐忍
无数的喧闹等于所有人噤声

宴饮诗

独坐老长安
茶水一杯
西北面一碗

时间带来的片刻欢愉
与带来的片刻的死亡同构
我不遑抉择
只能将此一同消受

这是独自一个人的宴饮
无酒,但人已醉
秦剑的声音,亦在瓷器中
随之涨停——

静候诗

暮晚十分。背靠石椅,我静候
又一层秋意的来临
草木皆"兵",静水入海
萧瑟的极深处夹杂着节气的寒凉

谁说悲伤很远
颤栗已经逼近
被剥落的我们正是獭祭的一行

霹雳诗

我看天空荒凉。黑夜轰动如海。
此刻内心荒凉。黑暗在更新着世界。
一把火,就一次照亮。
无限的光明,试图用霹雳带来。

动一动。
我成为你的灰烬,成为你无限耀眼的溃败。
可我喘息。
在即将荒芜之地,我神游我梦中的菩提。

地铁诗

大地的阻挡变得多余
我们超越了想象
然后超越无形的空间

这是打发掉了焦躁不安后
疲倦,而又异常冷静的归途
我们都非常识趣地活着
把自己安全地送回家中

我们已经承载了太多
短暂而悄恍的拾荒
将我们送出黑暗
然后进入秋风
然后可以继续放浪形骸

一段旅程
其实就是一段喘息
我们并非懂得许多世故
出了站台,茫然四顾
然后驻足。若有所思:
啊!好一段混沌而又充满了
可能的归途

红尘诗

红尘未醒。我们一次次伴随着秋高
折尽爽气。而此时,闪电很少驾临。
只有暮色一次次打身边走过。
我们既像水流,时常摸着石头过河。
又像石头,时常被流水的本体冲刷。
红尘不会收敛它的锋芒所向。
但总有一天,我们都会醒来。
谁说命运只能衔枚疾走?
以空白收场也许是最好的交代。

薄暮诗

在天空的深处,薄暮正逐渐靠拢来。
其实,不只是天空深处。
旷野上,村居里,泥土中。
所有的事物,都已染上了变黑的习惯。
各种各样的雨水,已由纯洁变坏。
无数的花粉,正零落成可卡因,或者脏女孩。

说实话,有时候我太喜欢薄暮了。
因为它即将让我告别虚伪的一天。
然而有时候,我本能地讨厌它。
比如说,今天。

寄居诗

转眼已非秋天
我以为再也无法用饱满的修辞来认同你

当你放逐了沧桑
哦！不——
当沧桑也无法奈何你
我的内心充满了无限的嫉妒

赞美诗

> 风吹炊烟
> 果园就在我的身旁静静叫喊
> "双手劳动
> 慰藉心灵"
>
> ——海子《重建家园》

1

当我们降生于大地,便有了
号子与远方
号子让我们认识自己与别人的力量
也将愉悦传达给周围的心灵
而远方让我们瞥见流年
并且抹去那些湿漉漉的悲伤

在丛林中,我们曾经翻转腾挪
寻找最原始的果实
有时候,暴风雨袭来
电闪与雷鸣,教会我们
要更加珍视哪怕最简陋的巢穴
而寒冷和刺骨的夜晚
让我们完成最美妙的撞击

2

我们周而复始
亦如同万物拥有醒来的春天
透过太阳的照耀,和夜晚的思考
萌生出行动的智慧

这是拥有着各种动作的季节
无论是跳动,还是爬行
我们都在与消极的偃旗息鼓作对
身着纯净的骨骼
挑战蔓延的尖锐

3

当然,那里也曾是最寂静的故乡
有汗水和石器占据身体
一天的劳动,让我们疲倦
并且在深夜里窥见最完美的星星

而另外有一些事物,行走于荒野
比如大风和月光
它们来去自如,但有时候也停顿在
人们的嬉笑怒骂中
就仿佛玩了一天后累坏的孩子

4

当然,不可避免的是——
我们的故事也将随着石器慢慢下落
那遥远的,带有温度的火焰中的
炙烤与取栗
将逐渐退化成孤零零的野性

无可否认,我们的双手
为我们带来了文明
进步的道路那么漫长,仿佛没有边际
但我们却感受到前所未有的清晰
尤其是对于磨难和痛苦的历史
辨认与交谈,成为最真实的部分

然而也正是如此,我们的建筑物上
布满了尘埃
它提示我们,我们曾经力有所逮
但是我们能够更加洞见到
摆在眼前的那些闪光
其实不过是曾经的汗滴耀出的锋芒

5

总是有一些事物,可以越过生命

达到更加久远的存在
就比如四肢
经过时间的洗礼,最终枯萎于草丛
然而,在墓碑模糊的地方
我们有时也可以看到磷火的上升

这是一种完好无损的审美
它让我们在结束一生艰辛的时刻
忘掉恐惧
以及那些理想中的纯粹
直到有晨霭出现
我们开始放弃想象
炊烟与劳作,再次形成完美的二重奏
让我们继续新颖的一天

6

当然,我们已经学会了直立行走
我们可以通过歌唱与玩耍放松心情
但是在无限的自然中
我们还应该学会怀抱空旷
让混浊无处流淌,或者永远沉睡
让明净的事物,堆积如云

7

如此——

我们还应该感谢宽宏者的赐予：
哪怕是一场爱之行动的短暂穿梭
抑或是一场如约而至的秋雨

8

但仍然宛若一种不可解脱
我们最终都将倒向青青的原野
家园多么重要
当我们年老的时候
它将是我们最后的所见与所得

它就仿佛我们一生的明镜
静静地注视着我们
不穿插任何言语
不带有任何情感
但它提供已经燃烧了的完美的
时光的原质

那些时光，触及心灵
贯通手掌的两面
并且始终缄默在生命的最底层

卷 三
局内人

天地容纳了多少万物,
而我们容纳了多少天地?

唤 醒

一直在想着唤醒些什么
有一些事物
它们睡去了,就不再醒来
像一场悲壮的秋事
即使是满城锦瑟,夹带着
暮色中的禽鸣
也仍然有一些人
无法再回到曾经的位置

为此,我常常心慌意乱
感觉自己不能像一个单纯的人
只注重窥视美好的静物
以及那未被惊雷和闪电扰乱的天空
总有一些时候,你能够感觉到
内心已退不回开阔之地
以死亡为镜
照见的全是万物的孤独

假寐者

偷偷地看过去，那人
假寐的姿态很美。
发须偏在半边，
呼吸只从左鼻孔里出来。
你也许会觉得有点不可思议。
其实那姿态
连一点狼的狡黠也没有。
眼前站着另一个人，
你可以用清新脱俗来形容她。
这个人有爱美之心，
但没有什么野心。
她睁着眼睛，面对时光
杀伤自己的肉体而不自知。
而假寐者深藏自我，
偷窥了时间的秘密武器。
其实，假寐者假寐，
连一点狼的狡黠也没有。
他不过是对潜在的杀伤，
感到更加恐惧而已。

突 围

偶然的,会生出一点
厌倦的意思
因为盲从
已在尘世行驶了很久
抽根烟
假装对此不屑一顾
而白驹过隙
又加重深层的警惕

若非如此
怎畏惧边角留下空白
长远的冥想
沾染着飞鸟带来的消息
在有限的领域
丈量一下自由的外延
绕到主流纪事的背后
我们试着进行突围

三更书

突然就睡不着。这刚过了年关的初三的夜晚
生活如此简单,只不过换了座城池

且就马路上呼啸而过的汽笛作盘咸菜
将青花瓷大碗敲成小夜曲

我们是否真的热爱生命中那些呼啸而过的"马蹄"
点燃纯青之火,将一种可能幽幽升起

像一个陌生人,第若干次被投入茫茫黑夜
在黑夜中嚼着神经,弦外之音一次次瘦削

现如今,连雨水和惊蛰都还未到
时光处处拔节,肆意而起的碎屑比意志还多

在一张空白的纸上随意涂抹着自己的出处
到底失去了什么,我们总是若有所得

彷徨者

彷徨者进入一些事物
他试图为自己重新构建一个
可以承受的肉身
可他的内心已经不明就里
他已在彷徨中失势

孤寂,最终还要裹挟慌乱而来
他的彷徨变得无可挑剔
他专注于此
连分心的一点机会都没有
仿佛在经历一场突如其来的霜降
他随着抑制不住的暴风雨呜咽了

我突然觉得
这彷徨中有大美
这乃是人类之中最纯粹的彷徨
它落在我生命的橱窗里
虽然近乎残忍
但请不要介怀我言不由衷的说辞

正 午

正午的南山,是我短暂的归途
在途中,山水和白云保持着相同的速度

午睡的打工者,与铁房子一起醒着
下山的人,正背着青草下坡

在路上,有的人总试图超越
其实我们都在被阳光和时光一同超越

这么令人急躁的正午,可千万别有什么想不开的
沙河西路已经不远,桃源村就在眼前

在路上遇到一个人,不一定有什么言语
但内心一定知道对方是自己的同类

在路上经过一座桥,桥下不一定有水
但内心总有一座属于自己的江山

丑 角

让虚美与荣光竞相绽放
他们瞅准了历史的软肋，让它无法抵挡
在朝阳灿烂之前，空谷就已充满悲伤
那些充斥在锋刃间的生长
我们无法将它们辨认和敛藏

那些刻骨铭心和挥之不去的
其实并非仇恨，或者当初的不可原谅
手拆的骨肉，贴着完美的标签
可怜的无辜者，栩栩如生
无论刀俎、鱼肉，它们活色生香

与暗流保持一定的距离，也许更合时宜
在今天，我们已经逐渐学会无视良善的存在
我们都是小镇上的小丑
面对荒诞和无知，做着有趣的批判
并非无所畏惧，我们深陷其中

静 默

樊笼禁锢了呓语
混沌的状态却更加接近了真实
我静默如一,却对万象了然于胸
我觉得,我的内心
已经达到了最纯粹的和平
其实仍旧是万物归一

我接着深入充满毁誉的世界
我还未张口
那数以千万计的诡谲已经迫而不及
于是我只能保持沉默
对任何一种妄念都避免侵袭
就如万物,有时也虚掩它的美丽

啊!我的尺幅之内的虚无主义
一切众生的存在皆遥不可及
我愈是明心见性
万物便愈加静默如谜
于是我也选择静默
让万物之灵与"我"之谜合而为一

白 夜

这白白的夜晚
像极了荒草蔓延的无垠时空

这一片片的白色,齐簌簌地落下
像极了秋日肃杀中的坟冢

这时候,大地上和天空里的
一切都是孤独的

我仿佛听到河流的移动
它们正念诵着越陷越深的墓志铭

萤火虫之家

　　（兼致臧棣、蓝野）

我们自由自在地行走
在一片暂时栖身的田园
荒野正从慵懒中苏醒
节候使它复原应有的生命

我们一干人等似乎并不寂寞
乡间的大黄狗
走了又来，来了又去
秋千架上荡着
最高的人和最可爱的小人儿
茶座里的人谈天说地
美丽的老板娘成为"众矢之的"

有的人心闲而身忙
不停地变幻在火焰般的流动中
有的人在"哗众取宠"
有的人在谈论着如何复兴
有的人正端坐一隅，研究着
为如何拍摄好一杯茶而选取背景
……

就这样。命中注定
这里要为诗人安排下一些位置
如此干净的午后
不必俯瞰人间
完美的生命，身陷静寂的囹圄
短暂的栖身，恍如隔世

水竹芋入门

自远方,带着风
它是迷失于人间的"生灵"
静安与素美
让我们彼此心灵相通
它有"水上天堂鸟"之称
可无论如何,我也
联想不起雾,联想不起风

上帝有意将它安排在
南方的一处水洼中,与我们
相见。最初是它的神秘
吸引着我们。然后,为了它的
神秘,我们快乐地讨论

也许是惊艳于它不朽的粉黛
也许是惊艳于它的蒴果
和美丽的容颜
如果这些元素都幻化成羽毛
如此,它便和乌鸦
结下远房亲戚的不解之缘

一切皆有定——
这段时日以来,我们似乎
陷入了认知的缝隙,不可自拔
但入门终究来得太迟
还妄想成为谁的关门弟子?
唯愿自此有一个新的开始
使灵魂得以回归栖息之地

惊 喜

往常的气候,很少让我惊喜
更多的时候我表现出惊异

像一个过客
我匆匆而又迟缓地经过一座远方的桥
这时候,天色已黄昏
静谧沉入万物深处

我无法拒绝
我就是这样深爱着这样的节候
风悄然地吹着
它一点敌意也没有

梦 魇

在一个突然被魔力占据的时刻
我的本质将如何呈现?
像一场黑色的圆舞,那无声的恐怖
笼罩了灵魂的影子及真实
我的现象该如何呈现?

仿佛没有开始,也没有结束
像一域摊开的巨大的沙漠
夕阳正暴露出孤独
我的各种器官生出青铜色的锈

就在这月光如铜的夜
在近乎苍老的青山埋伏着砍杀欲望的时候
我的梦魇
可怕的梦魇,盛开在香洲
团簇的白色球型花代替了正常的心跳
灰色的马蹄驶过命运的裂缝

就在这挂着叠乱的灯光的旅舍
其中充满了要命的、带有陌生褶皱的沉浮
蜘蛛在四周来回地游移

它的网反复穿梭
瞬间,我的棋局被织成死路

我始终走不出这茫茫的无边的聚拢
此刻的我,正独自承受着恐惧
以及它所带来的猛烈的有效性挥发
一切都没有秩序。古老的蝙蝠,纵横驰骋
被啮的神经,痛不欲生

这是何等的梦境?到处都布满了沼泽
无声的草树,被冰冷的雨水包围
我始终保持着瘫软的姿态
被触碰的一切都陷入了崩颓

在又一个方位尽失的极端。如今的我
已过而立之年。大海展现出无边的诱惑
蔚蓝的颜色涨满了滑稽和疯癫
一切都显得如此"完美"
包括我——这沙漏中的粗野的祭献

术中书

鳞木逼近黄昏
我似乎也逼近了石炭二叠纪大冰期
并非盛大的风暴铺天盖地而来
阵痛退却了涌动的潮水

初夜,数枕难眠
起起伏伏的断章,屡屡梦魇
我摒去了香槟美酒,摒去了平峦山公园
摒去了黑暗碎片的修剪

我并非为口味的失去而叹息
剧烈的疼痛遮蔽了感官
他们忙于在繁荣和铅华中打开与切割
我带着崩颓的笑容打量着突围

不过,有时候我沉默不语
我为自己当时无心的倾听而恐惧
回想起剪刀手熟练的声音
那冰冷的姿态,在眼前无情地重复

并非要宣泄一种无能的情感

夜晚穿越广场和黑洞
只记得那时的游戏,一切都禁止发声
我的内心充满陨落般的惊恐

打开包装,那行走在过度包装中的人
他的虚假的名声赋予他更高的价值
而我的坚硬,石头般的栖居
赋予了我不朽的风骨,并让我勇敢活下去

临难日

如今我已经走不出临难的阑珊
那是我眼角挂着苦泪的妻子
一杯红糖水,几粒花生米
六七颗桂圆,四五个红枣
谁说它们"风马牛不相及"

我细数这些事物,正如我细数
妻的遭遇。那些痛苦的赶来
正如春天里花瓣的分娩
一枝开罢,又连着另一枝
而春风的摇曳,使她更加攥紧自己

她竭力想避开它们的影响
然而一切都显得无济于事
除了睡眠能让她逃入狭小的天地
她看似减轻了一些脆弱
其实是混乱和狂躁让她暂时平息

这已近乎疯狂的临难日
每个月,我似乎也有那么几日
我的神经与爱妻一起被绞痛缚缢

她的溃败,即是我的溃败
她的叹息,即是我的叹息

啊!春风骀荡,意绪周密
此刻,小小的出租屋里
云集的忧愁带来春天宏大的叙事
无能的铜炉
正在灼烧一壶滚烫的死水

赞 美

在一段须臾中
我等待着新生命的绽开
天已迟暮
疼痛在骨盆中徘徊

多么希冀的努力
多么了然的变革
这 hystera 里拉锯的距离
我渴盼瞬间的终结

但我更倾于赞美
夜莺的歌唱永不逆势
这完美的新生
我要带它去看新奇的事物

看那些翩翩起舞的鸟类
看盘桓而上的寄生藤
我要激发它无尽的智慧
让它对众神谦卑,无侵犯之意
让它明辨善恶,有恻隐之心

它将是我们的好兄弟
我们一起高唱灵魂之曲
直到有一天,我羞于赞美
那时,它已与万物同齐

十年

(献给狮子山下的那场青春)

就像山河永无止境
青春是一个无法替代的词
如果有一场重新而来的遇见
在狮子山下
那么我们以更加坚硬的髭须
或成为一个母亲
所表现出来的沧桑
终将会在一面
素朴的镜中得以休止

通过空间重叠的方式
在一方水土上重新聚集
其实,我们是在寻找
以春暖花开为背景的如胶似漆
一些人越来越远
而另一些人则越来越置若罔闻
但从某种意义上看
圆满并不能替代缺憾
成为存在中最强有力的深意

也许这样的夜晚
你们将栖息在温暖的酒中
一些人带来曲折的问候
他们的内心是弧形的
头脑中充满了想象
因此，不必问有什么往事
会不知所终
只要是未烧完的大火
就一定会呈现出生机勃勃

君自故乡来

君自故乡来
在此之前，消息如花朵
早已开遍了南园
我绝不能相信
这一场奔袭
只是你和海棠的情事
而与我无关

直到有一天
你偷偷地背着我
隔岸种花
我才仿佛窥清了你
千里迢迢的来意

我们一见如故

难得在城市的一早
就听到鸟鸣
而我却将它想象成
楼顶上的白霜
用以招徕故人

而故人,如春风
说来也就来了
我们一见如故
但寒暄中却夹杂了一种
凄凉的处境

我们都非常怀念那只
少年时
曾一起看到过的黑鸦
因为看到了它
我们就仿佛见证了
最小的孤独

每到春来,惆怅还依旧

每到春来
便有无数的事物翻山越岭
来到南方
唯独今年不一样
因为今年的翻越中
包含了经久失修的母亲

居住于南方多年
我早已淡忘了心中的"朝圣之地"
这一次,母亲的翻山越岭
带来了故乡的土地
以及它所"制造"的恐惧

这一次,母亲从春天的冰雪中来
艰难的呼吸
带着北方特有的"海拔"

身 份

想解开连续的面纱和无数事件的果因
赤裸裸的城堡,直接呈现
机器下的人在规则中尽情挥洒摇曳之美
深藏的喉舌冷不防来一个美丽的误会

你不可能回到一个永远也找不到的开始
一丁点的恩赐足以扰乱身心
一纸错误的判决,给予被驱逐的身份
任你如何勇敢,你对此无能为力
你将筛选出自己一生的"正确"
为命运挑选出最具有讽刺性的瘟神

暴 露

在黑暗苍茫中
我想象着黑也有着雪的颜色
它就像无边无涯的光源
一直弥漫到生命与非生命
互不相容的中间

一只蜘蛛正在将它的丝网
从一座山这边的一个高处
连接到那边的一处"不可胜寒"
我崇拜它的默无一言
然而,黑的幽默
使不少生命魂归轮转

目的暴露我们的一切
生之徒,拼命
找寻着它遥远而未知的营养
时间暴露我们的一切
普遍的天意将取消一切偶然

一定有一个时候会到来
时候到来的时候

那些隐秘的，不可感的悬念
终将暴露在信仰的薄暮之光下
再也无可逃窜

听 见

有一种声音能让一切安静
它有着素朴的力量
万物都完成了不羁之旅
连最弱的水草也积极向上

我似乎看到了虹销雨霁
然而，湍流也即将逝去
荒野的怀抱开满了姹紫嫣红
浮云全部都撤入宁静当中

这是一樽醇如美酒的黄昏
巢穴里的缄默迸发出少许不安分
这一切都是我所听见的
但仿佛只有看见的才是真实

滑 稽

滑稽的是,被一场梦唤醒。
可怕的是,梦境发挥了效应,并且取代真实。

我兀坐在房间里,欲完成一个象征性的动作。
但它们零散,被禁锢。
看起来那么遥远。最后竟也全部赶来。

局内人

视野越来越大,我们在
不断地覆盖着世间的每一毫每一分。

面对此情此景,
我常常掩不住内心的羞耻。

天地容纳了多少万物,
而我们容纳了多少天地?

天地一棋局。伟大,或者渺小。
我们不过是其中的一颗棋子。

荒芜之地

命中注定,要有一些往事
沾染上尘埃
曾经,那是澄澈的枯寂
如今,其中的暗疾隐约可见

始终是一场沉默
脱离不了少言寡语的处境
你也许试图努力忘记
而山上的春风永远忠实于职守

这是看不到尽头的荒芜之地
——悲悯已被敛藏
爱情苟且偷安
宽阔的河床上洒满了忙乱的雨水

喧 嚣

在疾驰中穿越寂静无声的山谷
飘忽的喧嚣,此起彼伏
此刻,我的眼中
是被钢铁轧碎了的黄昏
夕阳正在抚摸着疼痛的山顶

流水在逐渐远走
没有足够的证据证明它来自何处
但我的身心惹满了尘埃
不过,自始至终
我却是一个善于处理掉声音的人

比如,风儿嘶哑
人群中夹杂着一些并不常见的呜咽
既然不能分辨其中的青红皂白
索性让它们裸露,彼此冲和

这是一种比虚幻更加真实的虚幻
所有的喧嚣都难以保持各自的本性
它们都是些疲倦的词与物
在相互的遮盖中碎裂,然后死去

我不过是一个被动的聆听者
无法逾越泡影的鸿沟
只能任凭击打，任凭蹂躏
然而只有忍受，是内心唯一的真实

两难之境

我的胸口，炙热如一碗酒
宽阔的胸脯
是绝对无可争议的领地
肋骨从内部将世界的真实戳破
袭来的疼痛，半假半真

我不喜欢有人租种我的内心
眼帘中的山水
如果能将暗藏的锋芒带走
那它就是我——值得信赖的人

除了一种无意的对抗
我的行止不含有任何机心
市井喧闹
我也将其视作深山老林

夜，静而黑暗，但有着它的清爽
风景不殊，但常常呈现物是人非
何必陷入两难的境地
骑虎难下，不如高唱归去来兮

遗 弃

即将要被春光遗弃了
在夏日的空间设计内
我难以感受到自己的来处

我的内心有无名的野火
我却知道它来自哪里
它的焰锋,刺伤了好多人

遗弃是一种虚幻的力量
它迫使你调整意念的布局
大地一片乌青

我试着——
努力地去发动身体中的河流
但无法控制烈火的永生

我试着——
努力地去平息阴影的复苏
但沉默如顽石一般坚硬

焚烧始终要带来灰烬
如此也好——
如此,便一切都弃旧从新

觉醒者

不见本心已久
但仍时时打量着回还
这说明——
我多少还是一个有觉悟的人

其实，我和正常人
没什么两样
不过是，整日里低头走路
偶尔眺望一下被搁置的天空
如果看到鸟儿低飞
也会加重内心本来的情事
如果看到电闪雷鸣
也照样避之唯恐不及

当然，多年来最畏惧的
还是面对同一条河流
那条河流，不仅仅是一生之中
无法踏入两次，而且也
承载着诗人无法摆脱的哀愁

虚 掩

人生愈向前走
愈像是在推开一道道山门
古木清幽
喧嚣被击得粉碎

拒绝与俗人交谈
或者拒绝与任何人交谈
独自一个人
在山脊上写下金黄的文字
然后看着它
一点点被山风吹去

如果这样还不满足
还可以变得更荒唐一点
比如说,你赤身裸体
与虎豹山狼一起
在荒野里逐鹿奔走
将上苍的赐予看得有活力一些

不过,人生总有留白
就像山门——
有时紧闭,有时是虚掩着的

暗　疾

这是遭遇
以及遭遇之后的反省

生命排着队
只有被批准才能够光荣降生

在光天化日里,它们被放大得那么小
最后,无形再将它们一一收拢

或可相信,在某些地方
被牵制,是一种特殊的力量

犹如机锋
力尽还归草丛

这是暗中的顽疾
肉眼凡胎也可能一时洞见

顽疾多么可怕
而最可怕的,是众生的盲从

尽 头

可以想象。
世界的尽头什么都有，也什么都没有。
有宁静，但它已到尽头。
有太阳，但它已到尽头。
也有风，但它已到尽头。
还有我们所喜爱的一切事物，但它们已到尽头。

面对恍若梦中的这份收束，我们该如何祛除孤独？
我们已到尽头，茫然不知所措。

沉 潜

总有一些力量,是看不见的
在视觉的有限范围之内
它们总是留下悬念。水上漂着
一片落花。它让人晓得,水
有运送的力量,并且它安然独处
以天空为镜,自成一种镜像

与好奇无关,我逆流上溯
开始关心更加隐秘的问题
置身洞窟,几乎没有任何反抗
它及时地提供想象,让我们
窥见"柔弱"的各种形态
于是,生命在瞬间被湍流激荡

我偏爱它忠于内部的真实
我偏爱它时刻集中自己的思想
如果能够达到理想的位置
然后,我们都可以说"真美好"
但我知道你深藏了好久
你有自己深埋的"宇宙"

依然那么简约。除了孤独的花香
你有时也会送来泥土的味道
你那里就像是一个风箱
"虚而不屈,动而愈出"
并且,你总是一副沉稳的姿态
从热烈的外部,我预见你的天赋

必须深入进去,才不至于
看到的都是最后的壮观"演出"
它有幕前的剧情,不为人注目
它有蓄积的力量,我深信不疑
当迸发在刹那间进入荒野
我突然间意识到"自强不息"

牧羊人

暴雨突进,我的浮生从如梦的
毁伤中惊醒。青草池塘
处处鸣放着故乡久违的声音

雨打落了梨花。母亲从西方归来
她带来的那些春暖花开
就仿佛惊雷搅动出一片汪洋大海

我是一个牧羊人。在母亲归来的方向
曾经拥有过许多苍凉的事物
比如夕阳西下,比如黄昏如荼

那溢满了古诗十九首的河滩上
一群羊儿,错落有致。它们真是好兴致
一边啃食青草,一边咩咩读书

容 忍

我无意中向窗子望了一回,一只鸟飞过
我有意地再望一回,又有一只鸟飞过
于是我向林中细细端详,然后无数的鸟儿一起飞过
这短短暂暂的一个上午,时光隔得那么遥远
鸟儿真会弄人

偶尔,我干瘪的内心也会明亮
看花的心事移步换影,或堕入冥思,或陷入构想
无数的事物一股脑儿被排除在外
只有些点点滴滴的粉态,点缀得不想让人醒来

经历了无数次的蝉蜕
我横亘在人生的低谷,越发失了趣味
昼夜不时闪过,鸟儿依旧起飞
疲惫的灵魂,突然对无聊的玩笑倍加容忍

告 别

星空越发晴朗。那漫天新异的小星星
它们无法理解和接近候鸟的告别
羽毛变得越来越轻,感伤在周围的桉树边升起

我环绕着一丛灌木不停地游移
珠露趋于圆满。月光从天庭坠落
夜色渐入绮靡——

不过,我担心的事情还是到来了
一切众生突然都被大地吸引
它们无不向着地心的光芒而去

然而,无论大地多么宽广,引力如何出众
在而立的年代
我更倾向于做一个向往星空的人

我渴望我死后,我青青的风骨
全部都化为天上的风景,并以此来向
地心深处的引力告辞:"别了,众生——"

打人间走过

这一次,真的是打人间走过
月光被看得格外分明

我庆幸,我偷窥了时间的秘史
它就像一个令人心仪的女子
却将永远
拒人于——千里之外

卷 四
寓言诗十九首

万物辽阔不尽
我不存半点觊觎之心

坐 井

坐井观天
我沉寂在天的窥视下已经很久
仿佛没有任何改变
我的眼光一直笨拙如此

坐井观天
我时常惹来世人嘲讽
实则,我历经了风云变幻
无数的汲水人将沧桑寄存于水中

我是一只"井底之蛙"
我只向往我镜中的天地
万物辽阔不尽
我不存半点觊觎之心

惊　弓

薄暮中。有解脱的弦绷紧
秋的凉,突然悬空
我的翅膀沉重
然而在跌落的征程中
看到夕阳,我无比清醒

感谢那带有惊惧性的弦音
使我抛弃了忧郁的重量
成为自由落体的飞行
并且在下落的过程中
那唯美的天空,让我忘记孤独

我是一只充满了忧郁的孤雁
翻山越岭,有大风在吹行
感谢魏国辽阔的大地
感谢神箭手更嬴。他解放了
我的抑郁,成就了一张惊弓

亡 羊

在歧路,它顺从自己盲目的选择
在仓皇中丢失了本来的样子
那不是它真实的自己

那个走失的季节,是春天
还是秋天,并不重要。重要的是
在逃亡的路上,到处都布满了野草
以及令人生畏的声音

我相信,它依然是孤独的
在第二天,它就会反思一夜的遭遇
内心的恓惶让它知道
能够活着,是多么的好

生命逆风而行,无异于一场问鼎之战
而它则不过是疲倦中的一段游移
往来的一切,都是隔膜的
饥饿逼迫着啃食,危险潜伏于躲避

这寒冷的夜晚,到底该如何排遣
此前它们将虚弱连成一片,成为坚强

而今在异乡,这个夜晚所有的脆弱
都只能用一只羊的坚强来进行抵抗

它如何处理掉尘世暗藏的锋利
它如何克制住内心的空旷与荒凉
它如何坚守正道,保持自己的温顺
它会不会在夜晚回忆白天的故乡

好 龙

假如玩鸟是一种姿态
好龙又有什么不可
而在此之前
有所谓的真龙来访
叶某人被吓得屁滚尿流
多么滑稽

如果说这个事件
有多么重大的意义
我倒愿意看作
这是对权力的一次疏远
往古来今
有多少人期望得遇真龙
他们对九五之尊
梦寐以求
而我惊恐万分

尽管饥饿如初
然而做一个地地道道的恐高者
却并非我之所愿

守　株

我始终围绕一个中心
其实，我有说不出的苦衷

等待一只兔子的出现
只不过是赴一场旧约
树桩小小
恰似引诱的陷阱

你以为——
我真的是在等待什么降临吗
原野如此辽阔
暮色照临，如同废墟

刻 舟

看在思想空虚的分上
请允许我的想法简单一些
不过是一柄宝剑而已
但失去的东西
总想着把它找回来
这是人性的弱点

但人们总是关注弱点太多
对于这个事件
大家或许可以把注意力
转移到剑上
比如它的质地与色泽如何
它的分量如何
谁是它的最后锻造者
它应该如何被打捞

甚至是它落水这一事件本身
也比我的无知要深刻许多

滥　竽

从某种角度，不得不说
充数有时候也显现为一种本领
透过现象看本质
其实，我对南郭先生
如何进入这个庞大的队伍中
更感兴趣

虚伪者往往惹人憎恨
然而天下滥竽者多矣
好歹也是一介处士
如果饱学者在世已无立锥之地
他应该选择如何活着

揠　苗

有幸参与这个故事
我首先感到了一种不祥
世间天真如此者
能有几人

躺在干净的茅屋里
不幸遭遇冷箭
而我的庄稼比人还要悲惨

在悲凉如此的人世
制造优越幻觉的人太多
我敢怒而不敢言

盗 铃

如何才能消除这样一种
自我迷信
我相信很多人都没有更好的办法
信念在贪婪中舞蹈
愚昧结出诱人的果实

掩耳——
以一种蒙蔽来占据自己的身体
多么简单的头脑
但我相信
这种有效的传统并未失效

在任何时候
任何人都可能想入非非
掩耳取物
是每一个人的"理想"
同时也是对一个人的羞辱

望 梅

不如说是源于一场冲动
或者是对生理涌至极限的
一种想象
反过来看
它是野心家的一种表演
他的姿态,给你看见的力量

如果故事发生在冬季
它会令人恐惧
把梅子想象成温泉
把行军想象成归途
一个人指挥着千军万马
奔赴于温柔乡的途中
这真是令人陶醉的事情
当然,也可能疯狂

饮 鸩

除了考虑不够周全
性命的重要性也许常常被误解
我坐卧不宁
止渴,也许只是一种安慰
并不在乎
被饮用的所谓对象是什么
无聊的错觉
常常被不明就里者想象成
一种自残或者愚昧

也许是为了警醒
他们并不为自己的误读
感到羞愧
将正义的一面挑明
好像也遮掩了羞耻的狭隘

捕　蝉

按照惯常的逻辑
猎与不猎
似乎都应该作全盘考虑

而事实是
螳螂捕蝉，黄雀在后
这与风吹草动有什么区别
是黄雀染指了螳螂
螳螂染指了蝉
还是蝉染指了自己的流年

剥离开它们之间的蚕食关系
不过就是一场风吹草动
合而为一，通观全局
有什么呢
不过都是为了正经地活着

还 珠

如果说"还"是一种觉醒
嘲弄的成分可能就要减缓

背对着瓦肆的方向
路人指指点点
流言迅速走红
我向来不喜欢恶语相向
是非经过我的面前
我只以内心的觉悟为转移

一颗珠子就是一颗炮弹
可能射中别人
也可以射中自己
我就是要转移你们的视线
打破定型的世界观

如今,眼珠中涨满急切的现实
还需要感叹吗
我们都是卖珠人
这个转换,需要一定的勇气

疑　邻

犹豫有时候是一种病
而猜测往往让人陷入怀疑
在人之常情拘束的情况下
一个人要分辨真假
理性必须疯长
以至于变得异常强大

如何摆脱掉不一样的声音
除非不再专注于事件本身
然而失去的东西
总在扰乱不够顽固的内心

不过是卑微之人和卑微之物
在故事被解构之前
已注定成为被嘲弄的木偶
也许可以把这看成是一种奇遇
但这已改变暮光的指向

失 马

并不是多么有趣的发现
只能说经历了太多之后
终于觉醒到
一切都不在自己的掌控之中
这是失去的一种隐意

然而,当我们触摸这个世界
演出的性质却又迥然不同
尽管大多数人的结局
看似都是在冥冥中被敲定
秘制的牢笼总是在世间充盈

有些事情在发生的时候
就注定如天空一片蔚蓝
在仓促的存在中
失马,作为一种理性的偏颇
已被证明无药可救

何必将星辰的序列
想象得太过强大
让回返性的想象趁早敛迹
跃马于荒野,宽恕身后的尘土
然后感激每一次消失

弹　琴

这是值得想象的一种结局
飞鸟在琴声涨潮的时刻出现
同时带来了蝴蝶
我不相信有超然的力量
那从天而降的一定有理由

曾经，思想是如此贫乏
以为淡然的就不可能领受
而如今的高超者
一方面借此来附庸风雅
一方面也打破愚昧的预期

没有谁会抱定那些
迟钝而长久的约定不可改变
当如其所是一旦崩颓
他们被杀死
或者成为令人尴尬的存在

到底是什么在摆弄着我们
时间撕毁有形的契约
岩石之下，并无真实的河流
如何做到花瓣与种子对称
我对此一无所知

画 饼

纠结于一种无聊透顶的吃法
犹如深埋于迷雾围城
眼神被"惰其四肢"封锁
无数的可能性一下子被排空

不能用唤醒的姿态来对待
一个家喻户晓的故事
并且它带有空谈快意的目的
更多的情况下,它让人无所适从

像奔走惯了的脚步
无聊被扔进稳如磐石的死水
激起麻木不仁的晕围
画饼而食只是一个深刻的玩笑

不要从中希求太多
审美疲劳已经完成它的任务
当面对画饼,并不是面面相觑
我们的脑壳中也充满了觊觎

忧 天

有什么情势能够把我们摧毁
我们并不知道
忧天的人酝酿一场恐惧
然后把它重复了很多遍

雷霆万钧的时候
我不忍心打扰他
他正沉浸于巨大的悲鸣当中
很多人觉得这荒诞无稽
而他的痛苦让我羞愧

苍穹怎么沉沦,或者
无论苍穹落到谁的头顶上
死亡都不可避免
这是两种惯常的逻辑

然而,死亡的隐喻盘根错节
你以为是戳穿,我以为是暗示

解　牛

缮刀而藏之的动作
大有深意
如果被理解为这是一种姿态
那我要肯定,是那些
被屠戮的隐喻成就了我

就像失去的事物,要被问及
是否安然无恙
一头头无所反抗的剥离
击中了我无限撤退的内心

请指认那些一直没有
被发现的尘埃
而不是尽人皆知的秘密
屠杀中被掺杂的点缀
已经太过严密
一部分被点亮
一部分还带着停顿的意味

卷 五
谈论一座城池

我们都不是玩火自焚的人
看着雨水，同样能想到百年之身

异 乡

即将夜深人静,旷日持久的
异乡感,又开始起起伏伏。
我的归属感,一时全部消除。
无法解释这其中的缘由,
越是解释心中就越是杂乱。
泥头车在夜晚肆无忌惮,
带来一个无限嘈杂的空间。
此时此刻,各种寂寞归集一处。
说实话,这样的巨大空虚,
太不适合像我这样的人。
我无所适从,似乎陷入绝境当中。
这是一个尤为关键的时刻,
我意识到,应该采取一些措施。
因为白天的花草皆已入睡。
我开始慢慢地向阳台推进,
将自己推入夜空的胸膛。
风,开始吹吻起我的旧身体。
黯淡的情绪,也陆续退走。
这是多么好的一阵风呀,它的
出现,俨然一场救赎的革命。

体 验

在芙蓉楼里,我们
一边吃着饭,一边聊着天。
聊人生是不是还有另一种活法,
聊怎么才能活得更有尊严,
聊钱是不是很有用,
聊面子重要,还是利益要紧。
我们深陷对人生的怀疑。
此刻的花茶冒着热气,
人生的烦恼,扰乱着我们。
包袱里,储存着如此多
臃肿不堪的东西,
但最终还是把自己完满地说服。
周围的人,酒饮得正热闹。
我们也被干锅跳蛙辣得不行,
此刻喝一杯菊花茶,
人生似乎变得更够劲了。
不过,这也没有什么值得"恐慌"。
风马牛不相及的东西,也许
一瞬间可以变得"亲密"异常。
比如这筷子和酒碗,
它们本来没有什么相干,
但吃饭的时候,你随时
都可以把筷子放到酒碗上。

存 在

人生三十五年,也还是一直
在往深处走。生命之钟的弦
被调了无数次,命运的密码
也一次次被重置,然后激活
偶尔有一些精神上的变革
但也断送了不少小幸福
我们还是不是在依循着曾经的
路线找寻自己?还是已经
变得非常富有弹性,埋下了
草蛇灰线,伏脉千里?
如果有需要,我们大多数人都是
会改变的。寂寂长路,飞奔也
不过是朝着终极的一个短暂姿态
年轻的时候稚嫩,偶尔还开开
生命的玩笑,现在却变得严肃
异常,因为越活越觉得人世陌生
越活越觉得这生命有"水分"
天空从蓝变白,又从白变灰
从灰变黑,从黑变得越来越缺乏
激情。难道这就是抽象的人生
轨迹吗?我们最后要回到哪里?

桌上的托盘中安静着一个透红的苹果，它很自然地睡在那里。我希望能够从中得到一些启示。

秘境:关于一座城市的断想笔记

1

如同一条河流有它自己的走向
一座城也沉浸在隐秘的长河里
沿着逝去之人的片刻背影
生长的姿势找不出准确的修辞

从一个版图,到另一个版图
山与水,漫不经心
然而人却恰好可以在闪烁不定中安栖
恍惚的召唤,不一定有什么因果

是的。就注定委身于这岭南之地
当黄昏越来越近
俯视着梧桐山脉,对于这流动中的
凤冠霞帔,我已更加多情

2

洞察自己

同时,透过湛蓝的海水洞察天空
蓝色就要重整乾坤了
还有什么能比这样的海天一色要美

公园近海
一大群鹭鸟在红树林边翻飞
细微的风,回旋在原地
礼物遍地流淌
我们阻挡不住有些谦卑的事物
它们始终保持着低垂

然而总是要期待一些追忆
别来无恙吧
可又总怕打扰那些闪耀的孤寂

3

暮晚。余烬未尽
我们也许与那些即将沉睡的牛耳枫
和椰榆,并不熟悉
热烈如一片片雪
低下头,它们便成为向往最深处的一部分

于是,风不再起
幽暗的深渊流露出最大限度的宽宏
湖边依然有垂钓的人照临

灯火以一种异于村庄的方式呈现
水既是一面镜子
也是一片被沉思的命运

4

只是河的对岸
少年曾经仰望风流人物
近年实境之花开到荼蘼
一场盛会
顿时化为难以逾越的暗语

不过,无论山冈如何逶迤
从嶙峋的往事中走出
我们总能遭遇登临的月光

没有谁能够断言
一条"深深的水沟"如何能够藏身
从牛尾岭肇始
历史隔着层层栅栏
隐隐的旧物很快便无疾而终

5

但总有勃勃生机,可以
扳倒隔世的死亡

时间与安静,并肩而立
边界线上,易色的树蜥趾高气扬

无法相信
有时候它们居然离我们如此之近
也许被高秋吸引
那些淳朴的白,遁破红尘
成为彼岸最好的构图

其实,也无意成为瞬间苏醒的隐士
一条河即是一条河
不会被风云席卷
也不必担心被不同的颜色罗织罪名

6

仿佛一切皆有所指
在大雁顶
穿越海的牢门,便已躲过了短暂腐朽
声音不再被禁锢
最初的密谋赤裸在海上

如果执意隐匿于海滨
你将无法顺利地探寻到那些隐世者
在孤岛上想独自一个人坐许久
可以猜测,或相信

——这绝非偶然之事

当置身于大海显要
湾畔一览无余
忘怀掉剥夺白腰杓鹬若隐若现的权利吧
这不是一种简单的爱
而是一种更加向上的力量

7

我喜欢那些大大小小可大可小的可能性
比如说,苍鹭是虚幻的
落羽杉是虚幻的
老虎石上你情我愿的金斑虎甲是虚幻的
蜉蝣是虚幻的
如同一场虚假的存在
它们喧响,但最终都成为静寂

一如往昔
在秘制的围攻中
我为它们暗藏的被侵蚀愀然神伤
不过,真实也好,虚妄也罢
只要心有灵犀
彼此之间,我们就能互通消息

8

西上莲花山
山樱在三月即已归入旧年
春雨和一些往事慢慢搁浅
时光深处
一些不为人知的喜事也逐渐苍白

历史总是毫无倦怠
移植的马匹从内陆奔腾而来
风铃木披挂上阵
明月高悬
嬉闹中的人
总是难以理解缺场者的心为形役

不知到底在何时
合欢已构成了一种脆弱
日日深杯酒满
他们开始
与醉意一同寻找百年同枕的巢穴

9

于是站立于洪湖岸边
看城堡倒映于芦苇荡中

垂钓者深爱夕阳西下
暮色中
他们紧紧与水生之神对峙

在这茫茫的水上
没有残阳乍起
野凫早已归去
要怀揣一颗闲散之心
管它鬼蜮上不上钩
忘却旧时相识,抛却遥不可及

然而,鱼饵总是在近身时
使人陷入疲倦
我把黄昏进一步延伸
细斟哀悼之心
急急唤起儿女
要重新寻找一个没有杀戮的位置

10

于是遍地浓郁横生
旷野与礁岩继续围猎人间之世
想到并未久远的鸥鸟亲近
我的隐逸之心
又一次东山再起

只一个马峦山便足够了
何须葵涌与黄金海岸相翼左右
经由此处
我们曾经遭遇诗人下山
在留仙洞赶一场风雅的盛会

只是习惯了心机费尽
何曾真见识过一次庖丁解牛

11

至于有多少小情节小叙事可以赘述
已很难说得清楚
适宜的热情总要归于冷寂
但是流浮山脉、元朗盛景依然
不能够被假意遮蔽

那到底有什么隐性的力量可以证伪
当渺茫碧水
与烛照的汗青混为一色
大地辽阔
古庙和烽火台被白云投射
尽管只是幼小的一朵
光芒也无法洞悉历史的闪烁

我终于还是要为逝去的少帝一哭

顶着几百年前的风雷
但是这祭吊并不危险
当壮丽的图景与一代大潮相拥
即使面对另一个劲敌
在风骨中
我们仍然可以找到相容的爱

12

于是随着仲夏夜的风起
我们假寐一场
但没有谁会认为这是一种轻蔑
或者无礼的举动
相反,海岸线渺远深邃
当降身于大鹏半岛
你很快便会成为它失真的一部分

还有那世道人心,怎敌浩瀚的悲欢
遍山的带刺菠萝
有意挽留慷慨或者隐晦的意志陈述
七娘山眷顾起烟雾缭绕
肢体娇媚

垂怜西涌
其实就是垂怜它的湖山与岬角
垂怜它蓝与黑相间的瑰丽风吹

当"渚清沙白鸟飞回"的幻境再次置身
一切过往都将失去
逆行中的红尘俗世
也将全部夭折
一如某个王朝被幽闭的宫闱

13

也许肉身过于沉重,很难散去烟云
所以登茅山便有先人之悲

无关乎高树风林
但始终恍若浩然的正气耸峙
凤凰岩本有巨石嵯峨
加以凤凰相栖,亦堪寻访
如今又有赤忠流芳,俎豆馨香
高山仰止,又岂止于此

可以想见
那不曾留于水上的,必是一团
没有骨力的鼓噪
而青牛跃涧
仙迹出于尘外,历史仍千疮百孔

远离尘世,又不得不声闻于
方外的断层之中

模糊的献爵、祝文被仪式感丈量
哪里还有属于浮休道人自摘的光阴

14

于是幽寂独往。抵住喧嚣真身
以知白守黑
从海柴角换一次意乱神迷
四面都是埋伏
浪涌代表着时间苏醒
群山爬上了衰颓之思
然而亦正是如此
雪崩长满了断裂的枯木
回返的大道,我不曾亲历

我们都愿意摒弃那些无谓的虚惊
跳出与消匿
不过都是秩序的屈从
肉身的向上
总是厌弃海风执着于腥味
而无意间,以剥落为抽象
审美如一场风卷残云

15

青石板可否定义为朴实的妖娆

将军第秩序分明,也并非坚不可摧
行走于雾霭浅出的千户所城
我无法想象,安营扎寨如何
能够如牛羊一般在夕阳中走下山来

然而风总不能把它吹入山海之间
炮台本就占据了山海形胜
只不过,与似醒非醒的历史较量
能否真正换回一纸皇恩浩荡
以及所隶属于它的雨露甘霖

显然并非丹青的残羹冷炙
亦并非过度忠贞的一种眩晕
王侯将相的梦想
总是呈现出广袤无垠之势
然而有时候也不妨碍
与英雄浴血的丰碑一同抵临

16

与生存相遇,在以圳为名之城
如暧昧不清的飓风
思想像一个苦差,回响并不唯一

我们曾经在四面八方隐居
旧时光磨刀霍霍

缀满星辰的天空逐渐式微
或迟或早
有些意志都将自然颓废
而春江水暖的方圆不减
面对日子,我们不正襟危坐
我们不谙世故
却同样垂涎那些逐渐稀疏的好天气

有何秘境可闻?不过存乎一心
何必觊觎那些陆离的光影与闪电
何必觊觎那些看似不朽的神迹与烟云
只要心无挂碍
尘埃洒落一地,隐喻顿然归真

在洪湖公园

同一个公园,这是第二次走。
但是路径不同。
我们奉妻子之命,沿顺时针环绕。
还未到中年,空空的石椅
已经在给予我们意想不到的启示。

湖水中的野草,像低微的爱人。
芦苇坚持着残留下来的美,
一刻也不肯放松。
它们无法献上自己的经历,
但给人比周围石桩坚毅的预感。

很多时候,我能够幻觉到
植物有它们自己独特的空间和想象。
就像落羽杉,青翠与红褐色的转换
让它变得优雅。与昙花不同的是,
它保持长久的祥和。

继续向前走,黄昏已注定出局。
而面对秋天的祭祀,
我俨然一个无知的盲从者。

就比如,满湖的垂钓人
除了多放钓钩,就只能临摹鱼饵。

秋渐深。血桐已无法认出面头果。
水翁蒲桃生于无老叶的虬枝上。
到什么时候,我们才能够苏醒出
自己的另一面?
与水对视,我们就如同探视无辜。

在妇儿医院

连续几日,在妇儿医院
我看到烂漫的吊瓶
在几个输液室里一起盛开

忽然一场春雨,带来了黄昏
我走到阳台的铁窗旁
呼一口清新的空气
然后细斟一株经年的海棠

也许雨水太多
那些病中的人们
就像是被打落了的海棠花
一个个都失去了应有的秩序
而生命,如山河
需要的是长达百年
——甚至更久的巩固

黄昏时分,我终结了一段旅程

黄昏时分,我终结了一段旅程
从城的西北角,到达城的东南
如此长久的距离,城事已深陷不堪
东门的路上塞满了悬念

我曾经一度窥视人群
却发现城市的上空有无穷的轻雷
它们直视一切
而我的领空中一无所有
失望之余,我心生疑窦
为何斑马纹不能挽住摇摇欲坠的落日

午夜以后,有的人拼命写作
有的人已与这座城市同眠
我分不清,到底是哪一种方式
在逐渐抵达一个人——最后的觉醒
而此刻,春天已经近乎放肆
命运的长矛,正从鲜明的旗帜中攒来

我们只是身处一隅

说不喜欢这样的生活
其实是对当下生存的力度略不满意
城事有它失落的部分
也有它的游戏性让人苦苦淹留

我们只是身处城池的一隅
看着过去,像是失了不小的赌注
其实有很多情事,并没有超出想象
我们不谙世事,并且在其中虚设太久

在即将与初照为邻的时刻
爱人在梦呓中的纠结,连我一同惊醒
她所叙述的焦点
让我突然觉得,在这座浩大的城中
我们只是在相依为命
而她更深陷于傲慢的孤独

似乎有一个决心
要离开这裹挟而来的泥淖
它就像倒立的银色建筑
可以折射出许多缄默的席位

而断裂却并非人生在世的常数

一隅不足以遮蔽躯体的地方
我相信，它也能遮蔽我们的想象
模糊与清醒，断断续续
我企图在话语的无效中振作
从城市的一角，努力地打量上去
却控制了自己想要实现的假想

臣 服

如果说已有臣服于大地的欲望
那么,首先我已臣服于这座城市的神经
没有有深度的情理可以失而复得
胡子拉碴中,溢满了不堪一击的疲倦

请放逐我干瘪的脑壳中依稀可见的影响
请击退我肮脏的食道中马马虎虎的咀嚼
我正在清洗那些柔软的骨头
所谓的坚硬只是看起来冠冕堂皇

谈论一座城池

寄居一场对话
我们有时喜欢对一座城池高谈阔论
它仍然带着高调的余温
而古典的颓垣,距此辽远

在气候宜人的时候
它的风景如画
若干阳光灿烂的日子
绝对是一笔上天恩赐的不小的财富
它有幼年辉煌的遭遇
而我们恰于而立之年才得重逢
就像有一些交谈总是出现于午后
斑驳陆离的思考横陈在马路上

此刻,我站立的位置
是一只鸟突然想起往事的所在
十三年前,它就已经开始游历南方
而如今,这座四十龄之城
暖意清晰可辨
人与事,镜与灯
行色匆匆,恰是无关紧要的空虚

分身乏术

除了倦怠
可以形容对内心的观照
旷日持久的重读
让我逐渐加深了对这座城池的恐惧

带着犹疑的底色
我审视那些薄暮中的万物
光泽已变得坚硬
但它们仍旧在继续生长

有鉴于风并不总是从同一个方向吹来
我也试图找寻出
我与万物之间存在的偏执
然而通体干燥,我已凝固人形
纵然心有所属,也已乏术分身

一段光阴

晚六点到七点钟的黄昏
公交 M203 好像睡过了头
我在西丽法庭等了好久
太阳已然坠毁,它才姗姗来迟

驶离拥挤不堪的地带
进入众车争鸣的大道
我给家里报信,"我还在路上"
似乎已经忘记了等待时的沮丧

这是一段适合虚度的光阴
但恰好可以奉献给别有用心的人
满车厢的众生,都在沉默
我试图写出它腹部的某些东西

东门即景

在东门非常微妙的道路上
来来往往的
是熙熙攘攘的人群
以及那如火如荼的光阴

两个陌生的人,与我
同坐在一张陌生的石椅上
他们专注于香烟
我也因专注于搜寻什么
而无暇顾及旁人

直到这光阴开到另一层荼蘼
下午很快就化作了黄昏

天将暮

逝者游移——
不仅仅是在可及的视线里
包括那些处于模糊中的事物
能够沉淀的
它们已经不再上升
能够归去的
它们业已奔赴征程

天光将暮——
我有一座既不近山亦不临水的房子
可以用来逃避夜色的侵袭
不过,这几晚的风足够犀利
撞身取暖,然后才能睡去

暮 归

换了方圆
便也关上了方便之门
归途容易疲倦
风景浪迹于心境之外

从此,不能足够忍耐的事物
幡然失语
路口排满了没有影响力的影子
而我感知到,那正是另一个
难以触摸的自己

诸事荒废了心神
而百无聊赖却焕发出勃勃生机
此刻的我,正寻章觅句
呵!莫道秋风晚啊
秋风晚更急——

旧归途

日暮。相对于正午的法则,
黄昏还大地一种美好的颜色。

不为重温旧梦。只因一点生活所资,
我不得不重新造访旧日的归途。

在途中。依然历经无数城府,
而陌生与麻木,却远在拥堵之外。

在途中。看到了奔腾的野马,
就像是重逢了久违的亲人。

我细辨曾经的来路,
我们都不过是肆意闯入尘世的游魂。

无处躲藏的,我们视而不见;
饱受了繁华扰攘,都历练出新闻的花边。

一场春梦一场雨,
一霎秋霖一霎凉。

眼下的归途,若是。
请问:人生的归途,若是否?

日子的假象

人来人往。怀抱一堆蔬菜和水果
在苍茫人海中我看出了车水马龙
这是悲苦之前的一种征兆
它消失以后,面对着一块猪肝和几株菠菜
经过一阵烹调之后的混合形态
我们的生活,仍旧津津有味

日子嘛,总是习惯于裹足不前的假象
世俗的烟火依然持续着竞技
即使九月底的南方以南,火光白茫茫一片
戴着红褐色头发的妻子,仍然是最真实的人

把那些不痛快的,比如拔掉几颗坏的牙齿
统统放置于三十年之后的某个春天
有时候,对日子进行一回"独裁"也是必须的
我们所真正需要的,是彼此深深爱惜

留仙洞遇雨

大雨落在留仙洞
说不出是一种什么样的心情
它急切地灌入大地
就如同空虚,瞬间注入了身体

紧接着而来的
便是荣枯的迹象,和生死存亡
其间,有生而复死
也有死而复生
更有方生方死,方死方生

就这样,一切都无法伪装
短暂的遮蔽
将无法使人走得更远
我们都不是玩火自焚的人
看着雨水,同样能想到百年之身

留仙洞一日

不虚此行。又见到久违的虚无
在一本书中,它们阔别数日
一个人失去了生活与工作的平衡
许多木讷恢复了对瓶颈的感知

这些感知,从一篇小说的倒叙开始
现实与回忆交错出莫可名状的悔恨
两批客人的言语泄露出冰山一角
出租车司机开始关注起他人的生存

从早晨穿破中午直到现在一直没有停歇的
是暴雨。残余的风声欲擒故纵
乌云仍旧密集
移动使弱势群体生长出庞大的体积

告别一日。本想释放些紧张的情绪
没想到却膨胀了对似水流年的恐惧
下了车,我一路前行
暴雨紧追不舍,内心的哲学随风又起

龙田世居

再往前多走几步
就要走进它已经冷却的心脏
我还未确认出自己的位置
那些已故的事物便匆忙升起
仿佛本来就熟稔的黄昏
道别，然后一闪而过

我们都没有噤声不语
面对着无尽的苍老与雄浑
除了赞叹
我们还觊觎着见到某些人
它们曾经是这里的主人
如今，不是雨天
青青的围墙也湿漉漉的

因为源于生存
它的守卫分外森严
也因为源于古老的传统
它的脸庞逐渐清晰
我从眼前的景物
开始遥想它最美的当初

它的主人，都已经沉睡
它自己也被迫陷入时间的深渊
西风即将要吹落掉它的模样
而我们在对澄明的向往中
注定要来一次郁郁寡欢
某一天，它是否还会起死回生
我们不得而知
但尘世的愿景，最关乎命运

鹏程三路

这是下午三点多钟的鹏程三路
路上停满了以 B 字母开头的车辆
它们安安静静地停在那儿
与塔吊上的操作者形成鲜明对比

我看到了飞机从上空穿过
其实我先看到了兀立一旁的"天籁之音"
看到了红绿灯止住了无数过往的行人和车辆
却止不住目迷五色的人

我不过是一个无端的旁观者
看着"高人"矗立于城市的中心
它将"五官"中的"四官"封闭,以此
来点拨这三点多钟的鹏程三路上的人

由它的首脑,我想起了庄子中的混沌
它哪像世人一样七窍聪明
但它懂得割舍——独留下一张口
冒着被遗忘的危险,来找寻有限的知音

田贝一路

人与车辆,熙来攘往
不知名的红花依然绚烂于树巅
这是不为很多人觉知的傍晚
风正打人群中穿过
蟋蟀突然叫响最后的秋天

这里是许多人必经的归途
一些真实正在消失于暮霭
首先是无数过而无影的老年
接着是女人们行色匆匆
偶尔有相识的人来几句寒暄

有一些人是不愿意离开这里的
比如一个疯疯癫癫的人
他已经熟悉了这条路上所有的风物
他所有的姿态都与这里相称
那样的风景,如此妙不可言

今天的孤独来得早了一些

今天的孤独，来得
早了一些
因为我青睐的那些事物
才刚刚开始面临薄暮的侵袭

在此之前，它们或奔流
或飞翔，或围猎，或嬉戏
一切都显得那么富有生气
而此刻，它们或失去了光泽
或聚集到一起
大都停在了消歇的状态

其实，我从未想象过它们
静处的情形
我猜想那是一种沉寂的状态
大家都盘算着"各自为政"
但这种状态令我不安

今天的孤独，的确是来得
早了一些
风不由自主。从归根的宁静中
吹来了一阵虚无

疲倦伤身

疲倦伤身。车过上水径的时候
我突然意识到这个重要问题
可是无法避免。这让人陷于
巨大的矛盾纠缠。于是,情绪
像野草蔓延,枯萎的比喻接近
笼罩,虚无的意义趋于繁复

如果有些事物现在还可以一见
不妨骑上你的野马去瞅瞅
最起码,旅途中有难以预见的
秘密,现实中的梦境,总是
完美的。如此一来,我们似乎
消除些疲倦。因为我们偷窥了

大地的隐私。可事实并非如此
短暂性的满足,并不能阻止
欲望的再次降临。欲望是我们
潜在的捉刀人。当疲倦的内心
忘记了对话,一切的欲望都是
含蓄的。我们从此将困居沙城

会飞的房子

会飞的房子。不仅牵连着喜怒哀乐,
还牵连着后代子孙,和生死存亡。
是我们太过于专注?其实对于我等而言
这其中并没有多大的诱惑力。
人有本能的欲望而已。
犹如当年有人咒骂——"狗日的粮食",
你因本能的欲望得不到满足而诅咒它,
而粮食不过是一只无辜的羔羊。

不必有反照的能力。人都可以
将吃喝拉撒和一座房子建立起联系。
因为它们都来自欲望的深处,
哪一种得不到满足,肉体本身都会有震感。
关键的时候,你不可能让它减你三分,
减一分你也许就会命赴黄泉。
就如同一只麻雀直观死神的降临。

有时候,它引发生命本能与道德交战。
正义烧红了眼圈,苦泪埋葬了反弹,
良心发现让自己将一切委屈承担。
一切都是众生。可众生中总有不朽的兽性。

我相信，必然有一滴雨悬浮于众生之上。
它可以唤醒一颗将死的生命，
也可以砸死一个强有力的对手。

在 king coffee

从万科广场忽然就想到了 king coffee
那里的烧烤很不错,以前吃过一次
很喜欢那种闲下来,边吃喝边聊的感觉
因为它让你感觉到向前的人生在向后疾驰

相信你不会觉得这是在无理取闹
看一看那些色泽鲜艳的油炸花生米
你就会知道,粒粒的焦酥如窗外浓郁的青色
明丽的心情很快就收敛了蛛丝马迹

如果咂一口敞开的啤酒
你就可以摇头晃脑,当然也可以装作若无其事
不过,小小的惬意会从天空降落
醉倒的木棉花静止在某处,不染半点尘埃

到此刻,你已不容易分辨何处是时间的中心
也许一只小小的乳鸽会暴露出不安的灵魂
其实,还是同以前一样
我们的谈话已无深意,并且很少涉及别人

我陷在一片人群中

这是万人积聚的时光
我陷在一片人群中
风里刮来一场雨
它似乎专以苏世独立为乐

在人群中，我假装无所用心
却蓄积所有的力量
觊觎着将人群中盐分的味道消除
这看起来很富有戏剧性

但反过来想，不过就是一条小命
这年头自命清高的已经不多了
我们还是那么单纯
居然还想着要与腌臜抗争

回到眼前
我突然注意到雨势不凡
雨势见缝插针
它们填补了所有的人群空白

大雨倾盆之后

大雨倾盆之后已是傍晚
游戏及其规则正常运行
室内漆黑一团
我们全家正各自为政

我无聊地打开某种电器
各种大鸟正在俯瞰地球
大白天鹅从天而降
肥硕的鸵掌煞不住滑行
就像我们的生活
有时不听自己的使唤

丹顶鹤也来了
它们受人尊重和欢迎
爱吃的鱼就像免费的午餐
火狐先生有时袭来
虎头大雕带着危险
人类绝没有这种待遇

大雨倾盆之后
无聊的生活仍在继续

等我回过神来
城头已经变换了旗帜
生活如此乏善可陈
而味道正弥散于各种阈域

在人民公园

如果说错过了什么,
那一定是老榕树扎根的全过程。
它显得那么苍老。连湖水中
亮翅多年的三只白天鹅,
都已经褪去了往日圣洁的颜色。
如果说遇见了什么,
人是最多的,但人无可言说。
此地一定有比人更易引起关注的。
比如,一枝残荷独秀水中;
"朝圣者"和"牧羊女",以及
"卡德法尔兄弟"和"爱丽丝小姐"
同时被幽禁在一个"密室"里;
还有假槟榔,它有一个非常
高大上的别名叫"亚历山大椰子",
这些都是你所从未想到的。
而"南方有木槿",让我想起爱情。
这时候如果风稍微一吹,江边刺葵
便像个妩媚的女子,柔软而弯垂起来。
为此,我欲借机隐遁。但没有想到,
一棵年老的黄桷树,大而无当。
"美丽"的异木棉,也大煞风景。

又是归程

面对即将沉沦的又一次落日
我的内心不能无动于衷
站在地铁之外,我想象这样一幅场景
地铁的路线恰似一根弹绳
夕阳上上下下
它是即将沉沦的
却是每一天的新意

我不能顺时穿越
我只能随地铁打发自己的归程
夕阳正在消失
风景由现到隐
当然,我也正在接近故乡
接近那些无法回避的门禁

途中手记

列车接近上水径,已经
不能为逝去的站台再进行
辩护。流光容易把人抛
更何况那些哑默如铁的石头

如今,我看待"过去"
就像是在看待消亡
但说实话,如果不经意间
得到一点模糊的回音
我还是会存有幻想
我深知自己还没有到
悠然见南山的高度

今天下午,怀揣一束
干草,却假装被褐怀玉
"红学"莫测高深
青山也在背后充满了底气

而我的骨子里装满软弱
稍微有力一点的风吹草动
我都抵挡不住。这绝不是

危言耸听。无理取闹的人
总是喜欢从中作梗——

呵!人生如斯,我们如何
才能从中接生出孤独
并且,有效地破除
大地上那些静美的虚无

狂风入夜

狂风入夜,似乎要撼动
一座城市在南方以南的重要位置
暴雨身不由己
也禁不住落井下石

眼下,即使
遮蔽住一切也都无济于事
就像窗子关得严严实实
狂风戏谑的声音
仍然能将我高耸的居室沦陷

夜晚失去了常态
这个世界,突然就变得逼仄了起来
深藏的辛酸和愤懑按捺不住
强大的精神膂力一时松弛

时令美好,即将推出

十月妈咪让我唐突地想见未来
如果防电磁波辐射的新衣
真的能够带来保护
那么我们多年前的擦身而过
多么值得一提
与一个原来并不"存在"的人互不相识
它突然就闯进人世的河流
带来一场不可想象的遇见,和悲欢

面对 NUK 和 PIYOPIYO。我就像个孩子
一般情况下而言,我漠视
一切并不相关甚至是相关的事物
如今,我主动关注一件榉木产品
我把它称之为未来的"摇篮"
当然,你也可将之视为一座宫殿
在不久的日子,就将会
有一个婴儿,在它的上面隆重加冕

面对夏装退处后境,秋装热烈袭来
我们一定不会再错过新的盛宴
哪怕 CONVERSE 的一点宽松也不放过

就像德里克·罗斯从不承认凋谢
用行动证明臆测的人错得多么彻底
又像 RUBBER 的广告词——
"无惧雨水,时刻干燥"那样坚决

作为一个写诗的父亲,我难以
接受歌颂的方式,但我从不吝惜赞美
一条闪光的纹式虎给了我力量
就像"逐光夜驰",注定从 1906 年开始
就要改变世界。2015 年的秋天
在商场,我看到了一场科技复古
时令美好,即将推出
我不急于求成,但也一定会不辜负

夜中人

不是为了赞美
而是因为真的有一位好妻子
半夜三更,有饥馑从腹中传来
我似乎听到一串鸟鸣
从腹中同时传来的,还有内美的小波动
对于它而言,美丽的肚皮
就像是一个好玩的"牢笼"
它在里面练习打拳、踢腿或者转身
节奏无度,并且勇猛

三更半夜,我的房间小小
而幸福感却如此充盈
从困倦中起来
我准备摸索面包、核桃酥、麻糖或者榛子
而一时间它们完全错位
我相信,这是夜晚突然升起的海拔
然而,它们的敌意如此被动
我相信,当它们全然明白了我的用意
它们一定会还原出原来的表情

天降红颜

天降红颜
其实并非一种寄托
有水做的女儿从另一个界面来
小小的她,不懂时世
但起自朝阳深处
或者在婴儿车上酣眠
或者以微青的身体为背景
带来双脚起义
抑或双手投降
都仿佛自成一种情趣

有时候,站在天井台上
看微风拂起小小的衣襟
那背后的小人儿
就快要为我们送来鬼脸
我欲辩忘言

十 年

十年,在时间上可以呈现为
世俗的宏大
比如毕业、工作、结婚、生子
当然,也可以呈现为
细节的深刻
比如素不相识的几个人
何以能够在一个小小的房间中
突然就开始交谈、入睡
并且持续数年
再比如,一个婴孩
如何可以通过感官的分辨
将母乳、奶粉和凉白开分开
并且决定饮用与否
而且,他睡眠的状态
有时候还可以左右你的睡眠

清晨,我们奔赴南山

大河转弯,恰好可以用来平复一下
风声鹤唳的内心

昨日,故园中的黄槿花,如缩微的洪钟
一下子倒叩了我有点拘谨的青春
而雀鸟儿刹那飞过
遗弃我,就如同遗弃一段白驹过隙的光阴

清晨,我们奔赴南山。想象着
山顶坐着与往日不一样的云
无数的人被风迷惑,无数的人葬身于水中

整个夏日,我都不胜饮酒
而蛱蝶花开得正好。那浩浩荡荡的妄想
正替我完成一场销声匿迹的旅行

洗　澡

水中落入菊花的白
艾叶的香
然后是你小小的身体

哦，你是前世驻足的情人
这与停顿更加相宜的浴水
如镜，逆势将我
带回到某个惆怅的人间

此刻，你小小的春天
匿于水中
眼神的释放，动如脱兔

你出浴的瞬间
窗外的黄昏，愈演愈烈
我本来想想象些什么
但我已无暇顾及

大手掌小手掌

每天想与你击击掌,并不是偶然的
你的小手,像极了春风吹的杨柳

你的身体里有小小的颤栗
在午后或者黄昏传来的时候
夏日中的事物突然就变得了无次序
仿佛在谆谆告诫:君宜早归

除此以外,我们看青蛙、小黄莺
和巨蟹在上空转动
有时候它们心灰意懒
然而你肆无忌惮的撒欢,在毛毡上
却表现得络绎缤纷

暮色无边,已不能言
一株药草,摇走了黄昏
嚼蕊吹香也许是一件残忍的情事
但那小小的手掌
不知何时
已经印在我日渐苍凉的大手上

附录一
赠　诗

其实，也没什么好意外的，
在我们中间，和宽恕相比，
和落叶相比，特别是和神秘的洞察相比，
慷慨始终是最好的例子。

人在静园,或最好的例子入门
——赠赵目珍

臧 棣

三十多年前,铁丝网背后,
它是苹果树,试探青春之手。
在硕果累累的黑暗中,究竟
能伸出多远的一块飞地。
密叶的深处,初吻叼起闪电,
一边自食禁果,诱人到毫无经验;
一边将脑回沟放大成什么时候去
都会显得很美的樱桃沟。
最蛮干时,我有好几个替身,
甚至用回忆摩挲未来,
也并没色情到哪儿去。
更何况,几度秋意早已远远,
胜过几度春色。悄悄的,
我成熟于黄昏是最好的例子。
三十年后,假如燕子如同放飞。
比邻黄金树,紫薇也是最好的例子。
稍一伸展,还没怎么运动呢,
前提已是前蹄,就好像在天地间,
除了你中有我,除了时间的乐趣,

半人半马也是最好的例子。
或者,按一口价回购迷宫的底牌;
其实,也没什么好意外的,
在我们中间,和宽恕相比,
和落叶相比,特别是和神秘的洞察相比,
慷慨始终是最好的例子。

假日诗
（兼致赵目珍）

阿 翔

本该及时写一诗回赠你，
但一到假期，车辆不在乎排队长龙，
好似你用望远镜，赤裸裸讽刺了
此地交通。一首诗几乎谈不上
有什么顺利，假如你凑巧介于山林
和浩瀚海景之间，见证到
攀登本是它的一种病，甚至
完全占据了巨大的停车场。这难怪，
它并不以时间的秩序解决一切，
也不顾及我对黎明时分的
足够耐心，以至于我想谈论的，
那就是孤立在风景无处可藏的可能性，
实际上，很少有机会在一首诗里
达成妥协。所以，一到深秋，
遗忘就那么短，而远眺那么深长，
即使你理解了这一点，
也不意味着可以盲目醒来。
偶尔蝴蝶站在杜鹃花一边，避免了
冒险的代价，除了风声寥寥，

从外面看,它更接近在
你脑海里蔓延着的雨气。此外,
我看到的半月湾,很像永生的鲸鱼,
在一首诗中闪着一缕幽光。好吧,
如果不介意假日的堵塞,你可以
把自己交给他,从中享受漂浮
和舒畅的深呼吸。

附录二
诗学札记

一首好的诗歌并不在于诗人如何运用知识体系和语言、修辞等技巧建构了它,而在于诗人能否化个体思想的深刻或人格的独绝为普遍经验或心理的感性再现。

好诗必然返回生命最深的源泉

赵目珍

瑞士心理学家荣格曾经说,有一类诗人在自己内心中进行创造并且创作出正是符合他自己自觉意愿的东西的时候,却仍然完全被创作冲动所操纵,以致他根本意识不到有一种"异己的"意志,正如另一类诗人意识不到在那种"异己的"的灵感中,实际上正是他自己的意志在对他说话。我对他所说的"异己的"意志非常感兴趣。以此,我思考这种所谓"异己",如果相对于所有的诗人而言,它恰恰变成了一种普遍的意志。这种普遍的意志导向人们对心理和精神的同构,让诗歌返回生命最深的源泉。这就是好诗的标准。

一首好的诗歌,首先面临的是艺术真诚的问题,这是人类心理和精神上最底层的一种同构。而一首诗歌的真实性问题主要取决于诗人的内心如何抵达。从某种程度上说,诗歌的真实性问题是一个伪命题。因为无论它如何被写作,它都是一个真实的存在。那么,为什么说它又取决于诗人的内心如何抵达?其实这就是一个艺术真诚的问题。如果诗人在写作的进程中,诚与真占据了主导,那么他所选择的题材、结构、技巧甚至语言都将是真实的,反之亦然。所以,诚与真乃是检验一首诗歌真实与否的重要标准。而这种真诚,从某种意义来说,主要体现为诗人对其人生经验(生活的和文化的)所采取的态度。

一首好的诗歌并不在于诗人如何运用知识体系和语言、修辞等技巧建构了它，而在于诗人能否化个体思想的深刻或人格的独绝为普遍经验或心理的感性再现。这是一种更深层的精神和心理同构。陶渊明的"采菊东篱下，悠然见南山"，对于每一个经历或者想象中经历类似场景的人，都是那样的明朗和适意。然而其意义又绝不仅仅是一个读者在其感官上所得到的这些理解，而我们从中更可以想见的是陶氏的思想光芒和人格魅力。因此，一首好的诗歌，一定会从思想的深刻处反衬出诗人人格上感性并且淳真的一面。从某种意义上说，它体现为诗人主体对生活、社会以及文化经验天然感知和后天认知、浸润的强度，以及其对汉语本身所具有的美之特质的巧妙把握。比如李白的《将进酒》《行路难》，杜甫的《登高》《闻官军收河南河北》，海子的《面朝大海，春暖花开》《亚洲铜》，昌耀的《斯人》《慈航》，骆一禾的《灵魂》《壮烈风景》等，无不如此。当然，理性的一面也不可或缺，只不过有时候它以潜在渗入的方式出现。诗歌总是这样，当感性与理性以一致之思在诗歌中缔结为一的时候，它总是能够对读者产生强大的吸引力。

诗人"下山"

赵目珍

1

诗人与生活的关系,可以类比为两种情形,那就是"上山"与"下山"。然而,"上山"的诗人在大多数情况下又都是清醒的。这一方面体现为,他们的"上山"大多是采取主动的远离尘嚣的姿态;另一方面,他们"上山"其实是为了更好地"下山"。他们并没有忘却尘世,并不是真正地跳出三界,而是选择一个更好的角度,用来"俯视"和"掌控"人生之于写作的秘密,以及思考如何跳出经验的强大来还原自己。因此,从某种角度看,所有的诗人最终都难以逃脱"下山"的命运。

2

诗人"下山",说到底就是回归生活和本来之我,回归到他的诗歌与各种经验的关系,而这一关系尤以诗歌与生活经验和文化经验之间的关系最为紧要。

3

受到诗人"下山"的启示,我认为诗歌创作的来源也应该有两个,那就是生活和文化。一直以来,诗人和批评家所强调的多是前者。因为,生活经验是最直接也最容易渗入到诗人的写作中的。但是文化经验的重要性之于诗歌,绝不亚于生活经验。通常情况下,文化经验也可以成就好的诗歌,当然多数情况下它表现为一种理性之思。它为诗歌创作提供土壤,但这还只是它重要价值中最基础的一种。它最重要的意义在于,它对诗歌的渗透会提升诗歌的品质和涵养。从这一思考出发,我认为一首好的诗歌应该是融合生活经验和文化经验为一体的诗歌。比如李白的《将进酒》,虽然从现实中的饮酒情事出发,却也抒历代知识分子"感士不遇"的文化情怀;海子的《面朝大海,春暖花开》,从凸现对现世的绝望出发,构造一个完美的虚幻的理想的世界,但其中也潜藏着中国传统文化中的隐逸情结。

4

但凡说到生活,通常都以为是世俗的。但对于诗歌而言,生活恰恰表现为神圣的一面。然而,这种神圣不是高高在上,不是让人顶礼膜拜,而在于它常常让写作者在习以为常的自觉中通过写作发现了对生存的敬畏。这种神圣的力量不可侵犯,而诗歌最能让我们体验到这种力量的存在。

5

文化经验对于诗歌的潜在影响有时候是致命的。尤其是知识人的诗歌写作,一旦你想到要使自己的诗歌表现深刻,你就陷入了它的牢笼。

6

当生活向我无限敞开的时候,我首先是惊喜,因为它带给我各种不同的人生体验。然而,一旦关涉到我的诗歌写作,我犹疑甚至有些力不从心,因为要将它转化为诗的形式,对于我而言是一种巨大的考验。这涉及一个诗人体验生活的能力,将体验转化为语言的能力,调动语言来表情达意的能力,将语言组织成诗歌的能力,对一首诗布局的能力,使诗歌巧妙外化的能力,甚至还要考虑到诗歌将来如何被传释的能力。

7

对于一个诗人而言,生活经验之所以强大,是因为它直接占据了诗人的时间和空间,并且随时随地地占有他。而文化经验是一种后天的觉醒,最初的时候,它只有在诗人的主动靠近中才能够对他起到暗示的作用。许多人正是因为如此而认为生活经验才是最深植于诗人内心的,事实上,一个诗人如果不想主动去发掘其生活经验,那么所谓的生活经验就是一种多余的外在。而文化经验则不一样,一旦你接受了它,不论你去不去主动关心它，它都在你的思想深处烙下"阴影"，它让诗人处于一种被动的状态。当然，如果你主动接近它，它也可能为你的诗歌"制造"出意想不到的深刻。

8

从某种独特的意义出发，生活经验之于我的诗歌写作，多数情况下带来的都是对生命原质的一种燃烧。而文化经验之于我的诗歌写作则往往带来思想的超拔。当然，有时候你无法从中看到这一点，那是因为，首先它们过于强大，已将我们同化；其次，它们对于诗人是刻薄的，并不总是轻而易举地为你提供意想不到的惊奇。在某些方面，它们确实对诗人有着苛刻的诉求。

9

《瓦尔登湖》的作者梭罗认为，生活乃是一个在很大程度上还没体验过的实验。有些人间情事，别人体验过了，但对自己丝毫无益。有价值的经验，一定是前人没有提起过的。对于诗歌而言，梭罗的这番话为我们带来了两点启示：第一，生活经验带有很明显的主体差异性，诗歌一定是对独特个体所经验到的生活或文化的有意义的或无意义的"起事"；第二，诗歌最重要的价值是攫取个体生存经验中独一无二的那一部分，而不是人类生存经验的共性，然而在表达情感时它却又具有普遍的意义，这似乎是诗歌在表现上的一个很奇特的悖论。

10

我的相当一部分诗歌的诞生,都是文化经验所带来的"凌空蹈虚"。不可否认,这样的诗歌带有很大程度的思想性,但我更想在这样的诗歌中突出个人的感性意识。这种感性意识,一方面表现为我对文化经验的直觉把握,另一方面则凸显我对诗歌美感理念不可或缺的认同。诗歌总是这样,当感性与理性以一致之思在它的身上缔结为一的时候,总是能对读者产生强大的吸引力。

11

生活经验之于我本人,可以类比为野火春风与山草的关系,一时间它将你炙烤或者燃烧,让你忍受它的高温或者将你化为"灰烬";一时间它又让你恢复存在并且与你保持清爽的存在关系。在这种情况下,诗歌在生活这一源泉上的向度便出现了。很显然,炙热焦灼的诗歌来自于生活的"野火",宁静安逸的诗歌来自于生活的"春风"。

12

生活之诗与生活经验的关系,正如人与食的关系,它们不可分割,但并不具有类似于生理意义上的先天的依赖性。这是因为,一个纯熟的诗人,他的有关生活的诗篇一定是自然而然地漂浮或沉淀于他的生命之水中,必然是有了不可不发的情潮涌动，或者说是情感激荡之后带来了渊静的内心澄明。这种经过了纡徐踟躇然后抵达愉悦小栈的经验，诗人不将它呈现于文字反而像是少了一层对生活的内炼。因此，从某种意义上说，生活之诗不仅不依赖于生活经验，相反，它成就了生活经验。

13

　　文化经验和生活经验的合力，有时候会出其不意地决定一种诗歌的走向——解构。生活经验是强大的，它往往给予原"故事"一种讽刺性的建构。在正常的秩序之下，如果文化经验足够强大，它也会促使生活经验向原来的方向挺进；而如果文化经验达到了长久的稳固，看似已无法改变，而在事实上它很容易走向事物相反的方向，促使原"故事"土崩瓦解。但是，不要片面地以为，只是文化经验导致了这种结果。如果没有原来生活经验对原"故事"的建构，那么解体这一结局也不会出现。总之，这是两种经验的合力所带来的妙果。如果这一局面采取以诗歌的方式来呈现，那么解构的诗歌便出现了。从某种意义来看，诗歌在相当程度上充当了这一转变实现的重要载体。诗歌是使解构得以实现的最重要的文学体式，并且在实现上比其他体裁表现得更有力。

我始终坚持诗的各种可能性

赵目珍

往古来今,对于诗的"敌意"和怀疑已经很多,然而鲜有对诗真正进行了一番思考之后所作出的质疑。有研究者认为,"在今天,诗歌写作甚至包括诗歌研究与批评已经无可回避地置身于现代世界对诗歌众多的否定性语境之中。从某一方面讲,那正是我们自己心底的声音。"(耿占春著《失去象征的世界》,北京大学出版社 2008 年版,P18)我认可这样的观点,但我仍然坚持诗的各种可能性。这"可能性"包括了诗歌在功能上的可能性,包括了诗歌在创作中出现"好诗"的可能性,包括了读诗和解诗的可能性,以及"诗意"无处不在的可能性。

一

从功能的角度而言,诗的某些原始功能可能已经消失或者不再占据主流,但它依然有显耀这种功能的可能性。亚里士多德认为,诗人的职责不在于描述已发生的事,而在于描述可能发生的事,即按照可然律或必然率可能发生的事。他说:"就作诗的需要而言,一件不可能发生却可信的事,比一件可能发生却不可信的事更为可取。"这言语本身就充满了诗意的各种"可能"。

在古希腊的一些哲学家眼里，诗人存在的合理性曾受到质疑。柏拉图认为诗人"没有真知识"，不能"抓住真理"，同时认为虚构的语言亵渎神明、贬低英雄，还经常模仿"人性中低劣的部分"以致造成坏的影响，为此他将诗人逐出"理想国"。但他在对诗人的看法上也留有余地，比如说对于国家"有益"，"颂神的和赞美好人的诗歌"可以入境，甚至对"甘言蜜语的抒情诗和史诗"也作出了退让。因为他似乎也领悟到了诗有着其他审美教育方式所不具有的一种特殊力量，为此他也不得不承认这样一种可能："诗人们真的知道他们所表现的对象，他们的描绘是非常出色的。"

其实，古希腊对"诗人"的指称也还是一种泛化的概念，并非今天意义上所特指的"诗人"。至于说诗的功能，古希腊人似乎更侧重现实、有用——即实用性（社会性）的一面。与古希腊放逐诗人相对，古老的中国对诗的功能却相当看重。诗歌的功能在很早的春秋战国时代就已经彰显。儒家传统诗教中的"兴观群怨"说就是对诗歌社会功能的一个经典概括。除此之外，《诗大序》中的"诗言志"说，以及后来钟嵘《诗品》中的"诗缘情"理论也为诗的个人化功能提供了依据。批评家耿占春说："诗歌话语就处在社会象征图式与个体感受性的张力之中。"如此，诗的各种功能似乎就全部根植于社会与个人的两大阈值之中，无可逾越。然而，诗歌在功能上是否还有其他的可能呢？

20世纪30年代，随着时代的发展和历史语境的转换，西方学者对诗歌在功能上的变换似乎发出了质疑："诗在技巧上达到了空前的高水准；它越来越脱离现实世界；越来越成功地坚持个人对生活的感知与个人的感觉，以致完全脱离社会，直至先是感知然后是感觉都全然不在了。""诗人为生活所迫——即为个人经验所迫——集中注意力于某些词语和起组织作用的价值，而这些对于人类整体来说已经越来越没有意义，直到最后，诗从当初作为整个社会（如在一个原始部落）中的一种必要职能，变成了现今的少数特选人物的奢侈品。"（考德威尔著《幻想与现实》，陆建德、黄梅等译，百花文艺出版社1995年版，P301）这段话很明显地指出了诗歌在功能上从社会层面到个人层面的转化，那就是诗歌写作越来越"坚持个人对生活的感知与个人的感觉"，不过这仍然没有超越诗歌在功能上一直延续和保留的"社会—个人"的二分法。但是细心的读者会发现，这一观点中的某些言语也暗示了诗歌所面临的"危机"："先是感知然后是感觉都全然不在了"，诗人"集中注意力于某些词语和起组织作用的价值"。但"危机"有时就是出路。如果其间暗示了一条出路的话，那么我试着从这"危机"中找出诗歌的另一种功能，那就是：话语功能。也就是说，诗歌除了社会功能、个人功能（表情达意）之外，是否可以具有一种特殊的话语功能？"诗歌话语一直力图保持的就是语言创始活动中对意义的敏感性，对感受自身的敏感性。就日常语言用法而言，语言的创始活动已经终结了，意义的边界已经十分清晰，确定的概念范畴已经划分与表述了一切意义领域。但对诗歌话语而言，话语活动是一个永无终结的启蒙过程，是对人类敏感性与感受性的持久的启蒙，也是语言的自我启蒙，即对意义感知领域的无限拓展。这是诗歌话语的双重功能，既参与建构社会的象征视阈，也消除那些已经固化的社会强制仪式或堕落为仪式形态的象征主义。诗歌话语忠实于感受性、敏感性，不断开启对意义新的感知方式，同时忠诚于隐秘的象征秩序，致力于未完成的象征主义视域的建构。"（耿占春著《失去象征的世界》，北京大学出版社 2008 年版，P14）这是一种多么强大的"话语"！尽管它的功能还是与社会性的一面链接在一起，但这无疑为诗歌在"功能"上的开拓留下了一种可能，因为它致力于语言的建构。绝对一点说，如果诗歌的社会功能和个人功能都不存在了，那么它是否在语言的功能上仍可以大有作为？毕竟诗歌话语与日常话语在表达上保持着不小的距离。

二

从写作的层面讲，诗歌有各种各样的写法。任何写法都可以出好诗。这就为好诗的出现提供了各种可能。

以表达方式而言，叙述、抒情、议论皆可以出好诗。抒情诗是历代诗的主流，议论诗也占有不小的比例，中国的宋诗尤擅此体。这两种表达方式创作出的好诗不可胜数，兹不赘举。那么叙事诗呢？中国的叙事诗如《孔雀东南飞》《木兰辞》《卖炭翁》《长恨歌》《琵琶行》，以及杜甫的"三吏""三别"，吴梅村的《圆圆曲》；国外的叙事诗如《巴特里克·史宾斯爵士》《兰德尔王》《古舟子之咏》《杰西·詹姆斯》和《弗朗基与约翰尼》等，也都是诗歌中难得的经典，尽管它们所占的比例较低。其实，即使没有这些经典，叙述这种表达方式也存在着出好诗的可能。王小妮曾说，"中国古典文学中有一些并没有变成诗的东西它本身是充满了诗意的"，然后举《世说新语》中的故事为例，认为"中国古代叙事作品里是埋藏着诗意的"（王小妮著《随手》，北京大学出版社 2014 年版，P303），尽管有一些东西不适合以诗的形式来表达，但诗意就在那里存在着。从新诗的领域看，其情形也大抵如此。以抒情、议论的手法出现的好诗多，叙事好诗所占的分量相对少。尽管李季的《王贵与李香香》和《杨高传》、闻捷的《复仇的火焰》、郭小川《深深的山谷》和《白雪的赞歌》等经典程度远不及古典诗歌的叙事长篇，但似乎也具有了一定的知名度。当然，抒情、议论、叙述不会常常单独出场，有时为了需要，创作者们也会二三者兼用。一切表达都逃不掉这三者的有机组合，但在这些"有限的"组合中已经蕴藏了"好诗"出现的巨大可能。

就诗歌的题材而言，古今中外诗的题材丰赡已极。举如送别、相思、约会、悼亡、亲情、友情、爱情、咏史、咏物、怀古、明志、民生、爱国、边塞、山水、田园、都市、乡村等不一而足。尽管当下的时代环境发生了改变，但是诗歌的题材仍然呈现出丰富的多样性和复杂性，这无疑为诗歌的创作提供了诸多可能。超现实主义者认为："每个人都是诗人，而自己却不知道，人只须把眼光从狭隘的视野上移开，那使他惊讶的神奇的事物就会来到心中。"现如今，最难得的就是能从日常中发掘出那些完美和充实的诗意来。

古今中外对于诗文的写作"技法"也多有探讨。庄子作文，讲求"言而当法"，就是言语要适合一定的法则。陆机《文赋》讲求"因宜适变"，亦即言辞应该随着需要适当地加以变化。宋人吕本中作诗讲求"活法"，后之理论家如郝经、唐顺之、刘大櫆、章学诚等论文，李东阳、谭元春、王夫之、徐增、叶燮等论诗皆以此为绳要，概括成一句话，无非即是"法无定法""无定法而后有法"。中国早期象征派诗歌理论甫一诞生的时候，穆木天先生曾提出建立所谓"诗的思维术""诗的逻辑学"的观点。其实也就是告诉作诗的人，在找诗的思想时，要用"诗的思想方法"，但是对于如何才是"用诗的思考法去思想"，他却并未指出具体实践方式。其实，正是这些所谓"活法"的观点，为后世作诗留下了太多可能。当然，这并不意味着作诗不讲求任何章法，想怎么写就怎么写。吕本中说："所谓活法者，规矩备具，而能出规矩之外；变化不测，而亦不背于规矩也。"这其中充满了权变，同时也将"新造"的可能寓于其中。

当下新诗的写作中，即有语言上的雅俗之争。最饱受争议的，当非口语诗莫属。诗评家张德明曾历数"口语写作"的"十宗罪"：难度的放逐、反讽的过剩、叙述的冗赘、语感的夸大、结构的随意、诗语的泛化、张力的缺失、思想的贫乏、对读者的愚弄、对新诗形象的损毁。（《口语写作十宗罪》，《星星·诗歌理论》2014年第2期）不过，他曾坦诚自己所说的"口语写作"并不是针对所有的"口语写作"，他所谓"犯有罪行"的那些"口语写作""是专指当下泛滥成灾的那种不加修饰、不加取舍，一味追求所谓原生态、现场感、本真性的生活话语直录式写作"。其实，他的这一"退让"或者说理性表达本身就隐含了"口语写作也可以出好诗"的契机。就口语写作的历史文本看，口语写作不仅出现了好诗，而且有冲破当时诗歌历史语境、打破写作固有樊篱、开一代诗歌之风的作用。尽管其弊端愈演愈烈，但不可否认，口语写作中充满了出"好诗"的可能。我们要做的是衡其利弊，我们要坚持的是其"有出好诗的可能"。

三

从阅读的层面讲，读诗和解诗也存在着诸多可能。尽管自新诗尤其是现代派新诗产生以来，新诗就面临着难懂的质疑。尤其在当下的时代环境中，诗歌创作的自主性、内敛性得到加强，诗歌的语言越来越个人化，甚至成为相当隐秘的私人话语，于是"大多数人不再读诗，不再觉得需要诗，不再懂得诗"（考德威尔著《幻想与现实》，陆建德、黄梅等译，百花文艺出版社1995年版，P301）。但是这丝毫不影响读诗的各种可能性，反而使得这一空间可能得到加强。

中国古代诗歌阐释学中很早就有"诗无达诂"的观念。此后，宋人刘辰翁有"观诗各随所得，或与此语本无交涉"之语；王夫之有"作者用一致之思，读者各以其情而自得"之语；谭献有"作者未必然，读者何必不然"之语。在西方，法国诗人瓦勒利有"诗中章句并无正解真旨。作者本人亦无权定夺"，"吾诗中之意，惟吾人所寓，只为己设；他人异解，并行不悖"之语（转引自钱锺书《谈艺录（补订本）》，中华书局1984年版，P611）。后来西方出现了"接受美学"，这一理论认为，在读者和作品的关系中，读者不但不是被动的接受者，相反，他是作品创造的主动参与者，是作品的真正完成者。作品本身不过是"文本"，只有读者阅读了、参与创造了它才是作品。因此，一部文学作品的意义基本等同于接受者所赋予它的全部意义。中西的这些解诗学在理论上可谓有异曲同工之妙，它们直接面对读者、鉴赏者、欣赏者，为诗的各种可能性阅读——正确解读，延伸阅读，甚至是误读——提供了理论依据，当然也为各种"误读"提供了可乘之机。孙玉石先生研究中国的"现代解诗学"，其间便探讨到了由于思维差异、文化差异所导致的误读，并深深为讨论中所产生的误解感到痛苦。从著作的内容看，孙先生更注重"对话"这种互动形态的阐释学与解诗学。不过，从另外的层面看，"误读"有时候也可以产生重大意义，比如美国的文学理论家布鲁姆就认为"误读"乃是摆脱"影响的焦虑"的一种重要工具（布鲁姆著《影响的焦虑——一种诗歌理论》，徐文博译，江苏教育出版社 2006 年版）。

孙玉石先生的著作中还谈到了朱自清、闻一多、李健吾、卞之琳、朱光潜、废名、袁可嘉、唐湜等人的解诗观点与理论实践。他们既有对西方解诗学理论的接受，也有对古典诗歌文本的解诗实践，还有通过对"新综合传统"的探索来进行解诗的观点；既有进入文本，透过神秘、幻象和文字进行解诗的理想，也有以"现代眼光：解读原初世界"的现代意识与方法论，更有以发掘隐喻、象征和多义性为指归的"多重接受"理论；既有对神秘美诗学观念自觉探求的冲动，也有透过意象背后的文本进行关注与阐释的意愿；既有透过"追踪背景与诗的再创造"进行结合的诠释法，也有通过保持距离、丢开习惯联想来观照事物本来面目的理论设想。（孙玉石著《中国现代解诗学的理论与实践》，北京大学出版社 2007 年版）这些丰富的解诗学理论不一定对解读每一首新诗都适用，但它们无疑为现当代新诗的解读提供了多元视角，至少是为我们解读新诗提供了思考的空间。另外，陈仲义先生所著《百年新诗百种解读》（安徽文艺出版社 2010 年版）为读解中国现代新诗"提供"了一百种解读"实践"，大而言之，他主要采纳的是英美盛行的新批评与中国阐释学中的"印象感悟"和"体验感悟"两大通道。由于英美新批评主张文本"细读",中国式解诗主张"感悟",这可谓是解诗最为"奏效"的两种方式。尽管这些方式、方法因诗而异,因人而异,不尽能适用,但它让我们对诗的解读在可能性上充满了希望。

四

最后简单提及一下"诗意"存在的可能性。诗人艾青说:"人类的语言不绝灭,诗不绝灭。"这谈到了诗与语言的关系。其实我想,即使语言绝灭了,诗也不会绝灭。这正如诗意的无限存在一样,在语言未有之前,诗意就已经存在。好比一个人面对一朵花的开落,又如一个人忽遇浩荡江水东去,你无须任何言语,但其间的诗意你已经心领神会。因此,从某种意义上言,"诗意"无处不在,它并不依赖于语言。它就在"存在"当中,并且时时给我们以惊喜。

2015 年 4 月 21 日修订,深圳

附录三
评 论

赵目珍诗歌的意味,来自某种古典的抒情,他立足真相,直白其心,下笔总有一种干脆和力道,将见闻、思想皆纳入其语言创造中,以心感受,以魂靠近,在具体的个人体验中寻求诗的生动与神秘。

黑暗如何承载生命的亮色

刘 波

赵目珍诗歌的意味,来自某种古典的抒情,他立足真相,直白其心,下笔总有一种干脆和力道,将见闻、思想皆纳入其语言创造中,以心感受,以魂靠近,在具体的个人体验中寻求诗的生动与神秘。这是我对赵目珍诗歌的基本印象,而他近年来的诗歌写作,也在很大程度上印证了我的判断,其对日常经验的转化,并非要作刻意的升华,这种自然的接受,全在于某种独特的人生领悟。他近年所写的诗,在我看来,就是他在融合了自己的古典学养后,向外界敞开心扉并感悟时代与社会现场的结晶。

在我们传统的为人生的写作里,诗人总是要把自己摆进去,方显真实、亲切。字里行间的那个"我",更像是诗人置于诗中的一个代言人,他在替谁说话?又代谁与生活对抗或和解?诗人要"我"站出来说话,这种对主体性的自我强调,其实还是希望能保持心灵的重量。"突然间,我只想悲悯大地/悲悯那些寥远的天空/这些不自生的虚空,它们其实比实在更实在/而言语多假象,它们带着绮美的形容",我在这样的诗中感受到了一种孤冷,刀笔吏看似写的是历史,其实,他又何尝不是针对残酷的现实发出自己的悲悯之声:"这纷纷扰扰的青史红尘/小人物苟且偷生/帝王将相们忙于不朽/刀笔吏镌刻着别人的墓志铭"(《刀笔吏》)。诗人看得太透了,读史明智,他最终还是回到了当下，面对自我进行言说，这是真正为人生的写作之体现。诗人以史官之笔直面时代，这是知识分子的本分，他的审视和批判是基于对时代发声，可历史的轮回如此相似，所有阶层的人都在做着同样的事情，这或许正是诗人的困惑。但他又无比清醒，言说真相成了写作的自觉。至此，他好像回不去了，终究成为了"我"的一部分。

以此来看，赵目珍所写的大都是对生命状态的展示，他与时代现场保持了一定距离，不知是不是个人美学使然，其文字向上或向下，皆指向对人生的思索。他说，诗歌是存在之思向美与哲学的无限靠近。这一诗观所面对的，其实不是我们如何去理解和认知，而是他怎样去实践自己的美学主张。"草木一秋，山水无穷/万紫千红最终还是绕不过大江东去/它们凝成了霜，结成了果/处处青红，顿然成为隐秘的往事//我们不得不承认，总有一些力量/与人的存在，交相辉映/荒凉也好，悲切也罢/青青的风骨早晚都得付于深湛的秋声"（《有所思》）。面对自然，人必定有所思，他还是将情感托付给了词语，化作了人生路上的片断哲思。思考即困惑，没有困惑，也就无诗，尤其是对存在的思考，它不是一般的日常书写所能达到的明晰，它还有可能指向人生的大混沌。

诗之美，往往不是那过于清晰的部分，它在那困惑之间，疑难之间，甚至就在那永远无法解决的人世悲欢离合之间。诗人多数时候是在向外看，从外界获得写作的素材与资源，这是人之常情，然而，向内反求诸己，更清醒地书写自我和现实，这样的诗作可能会更有力量。"内心的膨胀，突然微弱了下来/透过些彷徨的动作/我试着与爱情、婚姻和美酒告别/言语偶尔打破内在的叙事。从一声叹息中/移植出不曾有的开阔//世事洞明皆学问——而我，始终/只看到万物模糊的面孔。我相信黑夜/也是一片空白的/但我们大都仇视这黑暗中的空白/而深爱那个充满了顽疾的'旧约'//应该如何言说？对于'存在'的问题/我们常常不自觉，或者疲于应付/而无知者，往往感觉已经大功告成/其实，对于造物而言/万事都不过是竹篮打水——一场空//生活安放在别处。不必太执著/不必太纠结于真相。真相即遗憾，即残缺/以残缺的名义，我们才得以固守完美/人啊，它本质的意义和属性/它一切的'一'之实现，永远在路上//因为走得太挣扎。我们已忘记嘘寒问暖/时间高高在上，时间端坐于峰巅/万物之灵，最终沦陷于石头的坚硬面前/这是所有人的中年，和即将到位的老年/不过不必太在意。因为坍塌和崩颓不可避免"（《自省诗》），我之所以将全诗引用，乃因此诗能真正印证诗人的诗观，以及他对存在之诗的思考。他所书写的是现实的真相，而这现实从终极意义上来说，可能就是一场空。诗人如此自省，是对存在的一种人生定位吗？可能远远没有意想中的那么明确，存在的模糊与残缺，才是真正的诗之美。而在人生的途中，永难有抵达之地，这没有边界的生活，就是诗人自省的结果。

  一首诗的自省，代表了诗人最真实的想法，这也是为人生之诗歌美学的关键所在。赵目珍所追求的诗意，并不是那种刻意的现代性和与众不同的先锋精神，他的书写还是与自己的内心息息相关。像《考场诗》《在伶仃岛》《留仙洞一日》《术中书》和《临难日》，都源于对日常生活的哲思性呈现，只不过他的表达没有像一些年轻诗人那样去反叛什么，去颠覆什么，赵目珍是在入心地写作，这种入心让他在字词间突显出了自己的情怀。更多时候，他不是在破坏和消解，而是在建构一种人生的信仰。他的有些诗虽然不乏反思性和批判性,但最后还是通向了温润的向往之意——"我们的内心,有大欢喜"(《春睡帖》)。尤其是在这自然天地间,诗人可发现和感受到太多的人生意蕴了,那不为我们所关注的万物,都可能是生命中的一抹亮色:"虫蚁们因这薄薄的声色而内心舒缓/它们都把这当成了自己的存在",这是多么微妙的现实,可又真切地通往无限:"在苍茫中,那隐蔽着的每一刻都是这样的/那些短暂的光阴值得我们拥有"(《云中书》),既飘渺又现实的一切,竟然也显出了时光的美好。这是诗歌与现实契合之后的某种景观,诗人写出的是表象层面的一角,而延伸出去的,则是真正价值层面的时代内核。当然,最显力度和水准的,还是在现实与历史的比照上,能常态性地体现出诗人的判断:"我们的影子/写满新生/历史却选择了肉体作为偷欢的依据"(《失眠诗,兼致阿翔》);我们惯常所塑造的英雄事迹里缺少了细节,同时也就失去了真实的声音:"英雄的光晕里充满了想象/宏大的叙事不值一提"(《考场诗》)。我甚至觉得这样的反思,更适合赵目珍在感性与理性之间保持一种抒情的风度,他既不依靠激情取胜,也不凭借幻想制造空洞。

为人生之诗,应该是有血肉和肌理的,不管是书写超然与宁静,还是面对无奈和宿命,诗人都要竭力去发现生命中常存的人性伦理,那些悲欢,那些善恶,都是我们的精神处境,赵目珍试图通过他带着体温的书写来将这些进行定格。其实,他完成的是个人经验对接公共精神的努力,并时刻触及诗人所渴望达到的美与哲学。"因为在伶仃岛。我有一种难得的欲望/我要将大海的隐藏都统一成一种表象/让世人面对着他/除了沉默,只有想象"(《在伶仃岛》),这好像唯独诗歌才有足够的空间所完成的使命,但诗人在经历了一番行走与观察后,他由此找到自己的切入点,即在保持一种现实的维度里接续想象的创造,让自己的诗更开阔,更具深度。"总有一些难以置信的事业/透过想象可以征服天命。比如诗歌"(《失眠诗,兼致阿翔》),他为诗歌所下的如此形象的定义,赋予了它某种奇异的功能。哪怕是一场有关人生的绝望之旅,也涉及了启蒙的意义。就像他在《梦魇》中所写到的无助:"我始终走不出这茫而无边的聚拢/此刻的我,正独自承受着恐惧/以及它所带来的猛烈而有效性挥发/一切都没有秩序。"这梦境中的狼奔豕突,也可能就是现实的投射,但无论自身遭遇的是怎样一场人生溃败,这种惊恐都或许也是一种内在的力量,虽然它趋向于非理性,但与自我的命运血肉相连。

我们有时就处在这种梦境和现实的两难中无法自拔,无论怎样调整,也只能深陷这精神的泥淖中,即便"痛不欲生",仍然要直面那惨淡的内心。赵目珍诗歌中隐秘的反思,其实有时无意间指向的是人世的情理。"一个人失去了生活与工作的平衡/许多木讷恢复了对瓶颈的感知"(《留仙洞一日》),这是因内心的麻木所致吗?事情并非如此简单,多少悲剧的降临,皆因意识的无能。有时很难人为调和,只好顺其自然,这也是世间存在那么多绝望的原因,它根本无法解决。永久的疑难,在诗歌中得以存留,这对于敏感的诗人来说,是一份记录,也是一场关于复杂人性流露的见证。在一些强势的实验性美学垄断了当下诗歌写作的意义时,赵目珍这种相对朴素的分行文字,确实给一些暴力美学垄断敲响了警钟,他毕竟还在完成的途中,只是这一路的旅途风景,也足够他继续迈向写作追求上的第三阶段——自然之境。这一理想和高度不是随意涂抹所能达到的，或许它就在平时不断积累与自我训练后突然而至，能给诗人带来如同灵感降临时的意外的惊喜。然而，往往在意外惊喜到来之前，还有一段苦涩且漫长的路要走。赵目珍近些年的写作与发力，似乎就在靠近那份自然的惊喜。

刘波，男，1978年生，毕业于南开大学，文学博士，现为三峡大学文学与传媒学院教授，硕士生导师，北京师范大学博士后，主要从事中国当代文学批评与新诗研究，出版有专著《重绘诗歌的精神光谱》《诗人在他自己的时代》《"第三代"诗歌研究》《当代诗坛"刀锋"透视》等。

名家推荐语

赵目珍的诗歌浸润着强烈的古典意识，回应了新诗中断已久的古典传统，是对纯粹诗意的有效建构和恢复，在传统与现代之间探寻到了一个恰适的平衡点。它善于激活传统的思想资源，赋予当代诗以强劲的冥想思维的灵光，既有丰沛的理趣精神，也充满意境上的高远诉求，格调独特别致。赵目珍的诗歌能入乎传统之内，向传统致敬，又能出乎其外，折射出一种化生的精神，形成了一种极其个人化的写作形态和风格。

——罗振亚（学者，南开大学文学院教授、博士生导师）

赵目珍的诗歌虽然用一些古典的方式，或者抽象的语言，可是他的诗中却可以容纳很多现代思维，古典中有很多新意，有一种现代的特点。他经常置换或者换位主体性和客观性，这样的置换表现出一种探讨精神。这个探讨精神是在词语的层次上进行的，这是古典留下来的一个遗产。可是放在现在，它是一种修辞学，它要求读者在一个小的范围里去看置换会产生什么新的联想。赵目珍的诗歌打乱了我们一般的阅读期待，保持和延续了古典诗学的特点。

——梅丹理（美国诗人，汉学家，北京大学新诗研究院研究员）

赵目珍是"80后"诗人和诗评家。强调他是"80后"，并不意味着他和这个代际有着难解之缘。我要说的是他的年轻，青春总是令人羡慕的。赵目珍诗歌的青春气质和青春气息，在这个时代并不多见。自海子之后，青春就与诗歌不再结缘，这自有其时代与生活的依据。但在我看来，诗歌如果没有青春和浪漫气息总是一种缺陷。而读赵目珍的诗，我总是为他的浪漫和纯粹所感动，他温婉却也磅礴，千山万壑也云卷云舒。他诗歌的抒情性是当下诗歌的珍惜之物，也是一个诗人难以随波逐流的倔强佐证。一个如此面对诗歌的青年诗人，他的内心有创痛，有苦难，但也一定充盈并且幸福。

——孟繁华（文学评论家，沈阳师范大学特聘教授）

今日之诗，躯体部位不明的"骨头"一词泛用过度，最初令人惊骇，屡见则貌似无骨。在这本诗集中，这个词出现了一次，我却情不自禁出声地念出了声——"头骨"。正如骨头和头骨的区别，赵目珍的诗不是随便的骨头，是身体位置最高的那一块。有复杂情感的温度，有焦虑思想的硬度。有时候低头沉吟，也不失独属于诗言和歌韵的尊高。这些诗，文气丰沛，却几乎都是可诵的。亲和恳切，离口语很近，又无关口语；脆弱伤感，差点儿就要自怜起来，但无关自怜。关乎心灵，关乎诗学；关乎生灵，关乎哲学。

——施战军（《人民文学》杂志主编，中国作家协会主席团委员）

他书写自我的世界，直至其痛苦燃烧的内核，而又保持着对全部生活的敞开；他在诗艺上博采众长，但又渐渐显露出个人的音调、美学取向和语言功力。他以一部现代"击壤歌"

向"凿井而饮。耕田而食。帝力于我何有哉"的先人致敬，而我相信，如果他深入耕耘下去，他也将达到如此自足、超然、不假外求的生命境界。

——王家新（诗人，批评家，翻译家，中国人民大学文学院教授、博士生导师）

赵目珍的写作与流行的写作拉开了一定的距离。他在写作中选择了一种愿意付出某种代价，某种意义上也敢于付出代价的路径。赵目珍的诗歌语言，我称之为雅颂语体，比较优雅，也比较典雅。新诗百年以来，诗歌注重口语、散文化与日常经验，赵目珍的诗歌逆新诗百年的诗歌潮流而动，在口语和日常语言之外，展示了一种可能性，在汉语诗歌的传统路径上，回应了汉诗传统里面对文化记忆的强烈关注与关怀。

——臧棣（诗人，批评家，北京大学新诗研究院研究员）

赵目珍身上体现出的越来越明朗、越来越开阔的文学意识很值得期待和赞许。第一，他的诗中有非常浓厚的文气，古典文学的元素进入了诗歌表达之中，增加了浓厚的文化底蕴和精神内涵，从文化的包容性和承载力上来看是一种优长；他的身上甚至还有士大夫的情怀和气息，这使他具有了自己的辨识度和独特品质。第二，他的诗歌对于传统的诗歌精神是一种有效继承，古典的诗歌中浓重的人文精神在其诗中表现得非常突出。第三，他的诗歌蕴藏了浓厚的情感，但这种情感从来没有表露，他用有效的理性来控制情感、节制情感，对抒情的把握比较到位。

——张德明（批评家，岭南师范学院人文学院教授）

赵目珍诗歌的古雅品质,与其说是一种诗学立场,毋宁说是一种诗学气质。他的古典诗学学识不是呈现在知识考古学层面,而是构成了赵目珍内在的精神图谱,体现了他与古典诗学同声相应、同气相求的自我确证与擦亮。他笔下气象万千的古意抵达了"远方的诗意"的成熟状态。赵目珍同时也在经历着现时代文化断乳语境下惨痛而激烈的蜕变,即由抽象到具象、由封闭性到开放性的转型。他的成熟状态蕴含着崭新而沛然的生长性。

——赵思运(诗人,批评家,浙江传媒学院文学院教授)

后　记

从印象中个人第一首新诗的娩生算起，我进行诗歌创作的时间已有十八年之久。相对于在尘世"苟活"的三十六年，这应该算得上是个不短的时间长度了。然而我深知，诗歌的好坏和能见度绝不是由这个来衡量的。

我曾在一首诗中说，"人生愈向前走/愈像是在推开一道道山门/古木清幽/喧嚣被击得粉碎"。其实，写诗的过程何尝不是如此？诗歌的人生也就像是在寻找诗歌最后的不二法门。我相信，这个"法门"一定存在。只不过很难企及罢了。

近年来，对于诗歌，无论是阅读、写作还是鉴赏、研究都称得上有所深入。然而在这些方面我亦常常陷入迷惘的境地。诗境上的"究竟涅槃"，到底是一种什么样的境界？我不得而知。但仅仅依凭想象，恐怕是难以攫取的。因此只有靠写作来实证。于是，坚持进行诗歌创作乃成为一种必须。

关于我此前和近几年的诗歌，诗界和批评界的一些人士都认定有古典的一面，于是"赓续传统"乃成为进入我诗歌的某种契机。不可否认，这与我自幼喜欢古典文学和历史以及学习、从事了十余年的古典文学研究有关。此前写作诗歌的某些时间片段中，我也曾一度做着融通古典与现代的大梦。然而这种探索有多少是有益或者可资借鉴的呢？我自己无法说清。古人云："大梦谁先觉？平生我自知。"不过，对于诗之大梦的觉醒，恐怕还真的没有几人敢说"平生我自知"。

诗集中收入的多是我 2013 至 2017 这五年间的作品。其中有一部分在国内诗歌刊物或综合性文学刊物上发表过。我要向为我提供了发表阵地的朋友和编辑们表示由衷的感谢！这段时间内的诗歌创作得到罗振亚、梅丹理、孟繁华、施战军、王家新、臧棣、张德明、赵思运、杨克等师友的指点，此次诗集出版之际，或邀请他们专门撰写了评荐语，或截取了他们 2015 年在我诗歌研讨会上的发言作为评语。青年学者刘波、邱婧等曾专门为我近年的诗歌写过评论，发表在《星星·诗歌理论》《作品》等刊物上。特此致谢！

我的家人在我诗歌写作的道路上，一直默默支持，她们宽宏了我的"不切实际"。在文学事业上我投入了太多的时间，以至于家庭生活应该有的许多美好都流于"荒废"。女儿于 2016 年出生，她的出现为我带来了一个滑向赞美深渊的"小人国"。我相信，对于诗歌写作而言，这一定是一个意味深长的开始。这是我应该歉疚并感激的。

诗集的出版得到了长江文艺出版社诗歌出版中心的相助。我所在单位深圳职业技术学院提供了著作出版基金上的鼎力支持。人文学院的领导和诸多同仁亦给予了垂注和关心。在此并致谢忱！

2018 年 5 月 1 日，深圳罗湖